筆給你，你來寫

Give You the Pen you Write it

上

三花喵 作
Noriuma 繪

Contents

目錄

01

第一筆

月色暗淡，寒風蕭瑟。

無邊的荒漠上一輛卡車疾速駛來，車斗裡坐著七、八個人，個個一臉疲憊，身體跟著車輪的顛簸上下顫動。他們這趟出去尋找物資時不走運，意外遭遇變異獸的襲擊，一場廝殺後好不容易才脫身，如今身上濺滿鮮血，連周圍的空氣都染上一絲若有似無的腥甜。

刺骨的風刮得靠邊坐的文舞臉蛋生疼，她一個打顫、回過神，迅速將視線從刺目的紅色上移開，又狠狠掐了大腿一下——

痛！

眼前這一切居然都是真的，就在剛剛，她穿書了！

起因是她追了一本星際世界觀的無限末日網路小說，名叫《我帶著隨身空間在末世稱霸一方》。書中女主是重生歸來的黑心蓮，不久後會綁定可以不斷擴大的便攜式空間，而後步步為營，走上末世之巔，同時也贏得了龍傲天男主角的青睞。

因為黑心蓮手握物資，一路開外掛擊敗強敵，文舞看得爽快得飛起。期間但凡有人跑來文下爭辯邏輯問題，她都毫不猶豫地幫作者嗆回去，生怕作者玻璃心碎掉、停止更新。

巧合的是，她跟一個惡毒女配角同名，留言自嘲一句，其他讀者都哈哈大笑，勸她背誦全文，穿書警告。大家都一笑置之。

根據書中三個月一場天災的設定，第二場天災很快便降臨，悄然發生進化的變異獸突襲了附近一處救援基地，無數的英雄為了保護百姓撤離而接連倒下。文舞感動得嗷嗷叫，期待黑心蓮拿出隨身空間裡的藥物和靈泉救人。

只是她怎麼也沒想到，黑心蓮擔心隨身空間的存在會洩漏，一時猶豫，錯過了最佳的營救時機，導致救援基地的人員無一生還。

她出奇得憤怒。當場黑化.jpg。

文舞立刻跑到評論區提出抗議——

暱稱：不能文卻能舞

評分：☆☆☆☆★

留言：這是我看小說十年頭一次給一顆星，太太妳怎麼回事，前面寫得還不錯，女主角也滿討喜的，為什麼這章不讓她救人？那麼多英雄說死就死，他們還那麼年輕，妳的心是石頭做的嗎？女主不軟弱不等於冷漠無情啊！

作者回應：有重要伏筆，不方便劇透。

B1：不是，要埋伏筆可以，求求妳再想想其他方法吧，這麼寫太殘忍了，那可是國家的基地，專門救普通老百姓的，為什麼不留著多救點人？而且我建議妳讓女主救完人，直接就待在那裡，她空間裡有那麼多好東西，正好拿出來物盡其用，要不然菜都要爛在土裡了。其實還有一點我一直忍著沒說，這篇文哪裡都好，就是書名。女主何必要稱霸一方呢？跟國家合作多好，她就安心種地，英雄們踏實地出去搜救，軍民攜手共渡末世，妳懂我的意思吧？

作者回應：……筆給你，你來寫。

文舞被噎個半死，然後就氣昏過去了。再睜眼時，她就坐在這輛大卡車裡，左手邊是龍傲天男主角，右手邊是他們打怪時，順手救回的黑心蓮女主角。

而她，正是那個同樣姓文名舞的惡毒青梅。就是這麼離奇。

二三三三年一月一日，一場史無前例的沙塵暴席捲了整個α星。因為汙染而不堪負荷的α星自我格式化，人類文明被埋在黃沙下，原始森林拔地而起。林中的動植物發生異變、出現攻擊性後，國家在荒漠地帶建立起一個又一個的救援基地，為數不多的異能者則打造出自己的避難所……

文舞腦子裡飄過故事背景時，卡車剛好駛過一片森林邊緣，幾個人身上的血腥味散開，引來了一群盤踞在此的變異犛牛。

「東子快，往西開！其他人聽我指揮，瞄準再開火，子彈不多了！」

龍傲天蔣之田一聲令下，包括黑心蓮徐欣怡在內，所有人立刻起身，拔槍瞄準準備射擊。文舞反應慢一拍，一摸自己腰間，還真有把手槍，於是也跟著站起。

——來都來了，難不成就這樣等死嗎？

然而就是那麼不幸，司機東子一腳油門催下去，車身一個急轉彎，她整個人被甩飛，掉進沙坑結結實實地吃了一嘴沙子。更倒楣的是，人掉出來，槍卻留在了車裡。

蔣之田等人一心對付變異犛牛，根本沒空往後看，激烈的槍聲和憤怒的獸吼聲交織，徹底壓下了文舞聲嘶力竭的呼救聲。

只有同樣站在車斗後方的徐欣怡看了她一眼，冷漠地別開視線。

文舞眼底剛燃起的希望剎那間破滅。

她想起來了，小說開頭的確有這麼一段劇情：黑心蓮出場時，選擇冷眼旁觀惡毒青梅落難，因為她上輩子喊出聲救了人，後來卻被爭風吃醋的對方恩將仇報，各種排擠造謠，受了一番折磨。重來一世，她決定不再善良得軟弱可欺。

做為讀者，文舞當時大呼解恨。但做為被甩下車的當事人，她的心情就很複雜了。

「系統載入中，請稍後……」

誰在說話？文舞緊張地東張西望。

「載入完畢。宿主妳好，我的名字叫『筆給你，你來寫』，簡稱『你你』。這是本文作者親自開給妳的金手指——文章頁面和劇情修改筆，請查收。」

文舞眼前浮現出一張A4紙大小的淺綠色光幕，最上方寫著『第一章、相遇』，下面正是她之前看過的開篇劇情。

一根半透明的光筆在光幕前浮動，每隔幾秒就翻轉一圈，似乎在提醒文舞它的存在。

「這個要怎麼用，我想寫什麼就寫什麼嗎？」

文舞握住光筆，心想如果是，那我立刻寫：這一切只是一場夢，一覺醒來什麼也沒發生。

系統無言，**「當然不是，以原文裡的段落和標點符號為基礎框架，妳當前的等級，可以在每章內容裡挑一句不滿意的話修改，注意保持格式不變，每修改一個字需要消耗一個貢獻點。」**

文舞點頭，「懂了，就是原本幾個字，我改完還得是幾個字，不能多也不能少。」

但新的問題出現了，「什麼是貢獻點？」她記得很清楚，原文裡可沒有這玩意兒。

「是妳在這個末世裡做的貢獻，方式多種多樣，最簡單的辦法：打怪可得。」

文舞看了卡車消失的方向一眼，還有遠處因失去目標而徘徊的變異犛牛，心中生出一個大膽的想法。動筆修改之前，她後知後覺地問：「對了妮妮，我現在有貢獻點嗎？」

「是『你你』。算了，不重要。宿主當前只有一個貢獻點，並且是妳趁束子殺怪殺到殘血時搶得的。」

文舞：「……」

不愧是惡毒青梅，首先這個人設就拿捏得滿穩的。難怪她當時一喊救命，卡車就立刻二次加速，原來並不是錯覺。

文舞忍不住小聲嘀咕，「一個貢獻點能拿來幹嘛啊，我現在暈頭轉向的，連最近的救援基地在哪邊都搞不清楚。」

「其實努力還是能做滿多事的。妳的國文成績好嗎？」

「沒看到我的讀者暱稱叫『不能文卻能舞』嗎？顧名思義，比文盲好一點。」

「……」系統不想理她，並向她扔出一顆炸彈——

「友情提示，每處劇情只有一次修改機會，改動過大會引起作者或讀者的注意。一旦在劇情發生前被作者發現，並當成Bug修改掉，妳的改動將被認定為無效，且不退還貢獻點。而劇情發生後，無論是妳還是作者，誰都無法改變既存的事實。」

「好苛刻啊，那我只能提前修改，而且改動越小越不明顯才行？」

緊接著她又想起一個更重要的問題，「那萬一，作者發現有人改她的劇情怎麼辦？」

系統的語調難得有了一絲起伏，**「還能怎麼辦，一旦定位到妳，當然是將妳以人道方式消滅啊。除非妳主動按她的主線劇情走，別再長篇大論地提出寫作指導。」**

文舞：「……」

我不，我沒錯，她把女主角寫成那樣就是不對，我跟她拚了！

知己知彼，百戰不殆，文舞決定先通讀這一章的內容。

做為十年老讀者、標準的女主角控，她自帶白痴配角過濾技能，不重要的描寫向來能一目十行地掃過。眼下回頭認真一看，她傻眼了——

『不久後，一頭落單的變異犛牛偶然發現文舞，晃動著碩大的身軀朝她衝來，她嚇得腿軟跑不動，被一口吞入牛腹中。』

開場就送頭，不錯吧？

她飛速地動著腦筋，尋找生路。

嗯……把「不久後」改成「很久後」，在這段時間差裡開溜？

不行，她現在毫無方向感，要跑也不知道該往哪邊跑，之後大概還是會被吃掉。

把「一頭」改成「半頭」，不是沒了腿，牠衝不過來，要不就是沒了嘴，牠吃不了人？

呃，她從小就暈血，想像了下那個畫面，過於驚悚吃不消。

歸根究柢，只有一個貢獻點真的太難了。

等逃過這次，她一定努力地打怪做貢獻，下次天災降臨時，正好徹底改掉救援基地覆滅的垃圾劇情！

忽然，黃沙地震動了起來。文舞循聲看去，一瞬間汗毛豎起。

系統提醒，**「變異犛牛已經朝妳衝來，前半句成為既定事實，無法修改，請宿主盡快修改後半句，再不動筆就來不及了。」**

她使勁點頭，緊張地屏住呼吸，腦海中靈光一閃，「唰唰」幾筆在「跑不動」上覆蓋了一個字，改為「跑不停」。說時遲那時快，已然嚇到軟趴趴的兩條腿突然就動了起來，帶著文舞隨便找個方向就開始狂奔。

「哞——」變異犛牛憤怒地低吼一聲，緊隨其後。

一小時後，她口乾舌燥，雙腿跑個不停，變異犛牛窮追不捨。

兩小時後，她累得神志恍惚，腿依舊跑個不停，變異犛牛的速度開始變慢。

三小時後，她就剩一口仙氣吊著了——

但是！

哪怕現在注定渴死累死，她也要死在救援基地門前，拚著最後一口氣告訴那群無私奉獻的英雄們，下次天災有危險，快逃！

遛著變異犛牛，幾乎跑遍整片荒漠後，文舞的視線裡終於出現一片簡陋的茅草房。周圍豎起高高的木柵欄，像極了書裡一句帶過的描述：**『這裡不是木頭就是乾草，極易點燃，被噴火獸攻擊後，瞬間淪為一片火海。**

『那一夜，無人生還。』

回想起當時的心痛，她眼底迸發出強烈的不甘，朝著看起來相當窮酸的救援基地跑去。踉踉蹌蹌、跌跌撞撞，明明邁出的每一步都符合摔倒的前奏，兩條腿卻總能在最後一秒騰開，完全不符合運動人體科學。

這一幕，恰好被剛剛結束一天搜救任務的救援隊成員們盡收眼底。

一個隊員驚嘆，「天啊，這女孩是個長跑異能者吧，居然把後邊那頭變異犛牛累得口吐白沫。」

為首的英俊青年打了個手勢，「列隊，先救人。」

九個身姿挺拔、統一穿著星際特戰迷彩服的男女面色一肅，瞬間站成半包圍的圓弧隊形，提槍向變異犛牛快速移動。

「是，應隊。」

狂奔這麼久，文舞早已到了強弩之末，兩條腿雖然還在不停地挪動，速度卻比走路還慢。

然而，她的目光堅定異常，腳步沉重卻絕不停歇，就連上前營救的救援隊隊員也感受得到她頑強的毅力，忍不住心生敬佩。

末世中，沒有什麼比生命更寶貴。

可能是察覺到附近有生人的氣息，變異犛牛赤紅著銅鈴大眼，煩躁地蹬了蹬前蹄，低著頭連噴幾口濁氣。接著，牠猛然爆發，用尖銳的犄角頂向文舞！

牛腦子沒什麼多餘的想法，只是出於本能的渴望，追了這麼久，牠一定要吞掉這個獵物！

「動手！」應隊長一聲令下，同時大步跨出。

幾乎是一眨眼間，他完成助跑縱跳，身體向前一撲，趕在文舞被刺穿前一秒抱著她就地一滾，躲開了變異犛牛的致命一擊。

末世降臨以來，救援隊的隊員們日日在外執行搜救任務，早已摸索出一套對付變異獸的有效辦法。立刻有人衝上來分散變異犛牛的注意力，將牠往反方向引，其餘人全力配合跑動。

應隊長見文舞尚有一絲意識，快速說道：「堅持住，妳得救了，我們會帶妳回基地。」說完，輕輕將人放下，轉身加入行動中。

沒有高聲的喊叫，沒有凌亂的槍響，十個人身手敏捷、出手默契，一看就是訓練有素。

幾十秒後，只聽見「砰」的一聲槍響，變異犛牛的腦袋被子彈穿透，龐大的身軀晃了晃，撲通倒下。

「哈哈，搞定！這真是我們有史以來，動作最快的一次！」

「廢話，這牛眼神渙散，本來就快被遛死了，不然哪能那麼不禁打。」

「那女孩不會真的是長跑異能者吧——欸，人呢？應隊，你把人放到哪裡去了？」

應隊長回頭一看，之前的地方空蕩蕩，入眼全是黃沙，哪還有女孩子的身影？

他看了起伏的沙丘一眼，快速掃過一處高地，隨即詫異地挑眉。

不遠處，一道纖細的身影像隻蝸牛一樣慢吞吞地移動著，眼看就要徹底的力竭，整個人一頭栽向黃沙。

——都這樣了還要跑，可真頑強。

彼時，文舞心中苦笑，沒想到改劇情的後勁這麼足。

她做好了再次吃一嘴沙子的準備，卻意外落在一個結實寬厚的懷抱中。

及時趕到的應隊長看著她虛弱的模樣，一臉不解，「妳跑什麼？」

文舞：「……」

這一刻，她想哭的心都有了。不是她想跑，是她的腿完全停不下來啊！

眼前的景象忽然扭曲，視線迅速變得模糊，她突然記起自己的初衷，想要大聲地喊出來：趕快逃吧！快跑啊！基地不久後就會被變異獸摧毀的！

可惜乾裂的嘴唇動了動，一開始的三個字沒能發出聲音，最後只喃喃道：「爸，快跑……」

然後她就陷入了昏迷。

應隊長：「……」

他摸了摸下巴，並沒摸到鬍碴，於是轉頭看向隨後趕到的人，漠然道：「我看起來，有那麼顯老嗎？」

幾個男女隊員憋著笑，瘋狂地搖頭。

文舞太累了，一覺睡到天亮。

窸窸窣窣的響動入耳，長而鬈的睫毛微微一顫，雙目張開。

她躺在厚厚的一層乾草上，入眼是有些透光的茅草屋頂，周圍沒什麼擺設，只有一高一矮兩塊大石頭充當桌椅。這應該就是救援基地了。

旁邊負責照料她的婦女驚喜道：「妹妹妳醒啦，妳等著，我這就去叫應隊長來。」婦女先倒了半杯白開水遞給她，而後急急忙忙地離開。

文舞依稀記得對方口中的應隊長，就是當時接住她的年輕軍人。

她坐起身，一仰脖將水喝光，乾澀的喉嚨總算好受了許多。因為喝得太急，一滴水珠順著下巴流到她瘦削的鎖骨上。

「還想喝嗎，我再幫妳倒。」大步走進門的應隊長面無表情地問。

文舞下意識地點頭，然後才反應過來他在說什麼。

這人給她一種冷冰冰的感覺，他身高一百八十公分，氣勢看起來卻有三百六十公分，看起來特別嚇人。明知道是他救了自己，但她還是有點害怕。

應隊長拿起石桌上的軍用水壺一晃，發現裡面沒水了，輕輕蹙眉，「妳稍等，我出去一下馬上回來。」

望著他的背影，文舞猛然想起來，末世水資源缺乏，在綁定隨身空間之前，就連男女主角口渴了，也只捨得抿一滴潤潤喉。看著被她喝空的軍用水壺，文舞頓時心生罪惡感。

這大概是一個人好幾天的飲用水吧？

她心念一動，文章頁面和光筆一起浮現在眼前，快速重溫一遍開頭的內容，果然看到好幾處有關末世中人們缺水少食的描寫。其中有一句，讓她心驚又難過——

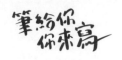

『窮途末路是最考驗人性的，有些人餓得受不了了，甚至易子而食。』

下意識握住那支命運之筆，文舞告訴自己：妳一定要努力啊，絕不能讓這個世界變得如此瘋狂。

應隊長很快就去而復返。

也不知道他從哪裡又找來一個半舊的軍用水壺，將裡面的水都倒進杯子裡，堪堪才盛滿三分之一。文舞已經意識到水資源的稀缺，急忙擺手，「不用不用，我不渴，剛才喝飽了。」

應隊長看她一眼，也沒再多說，逕自坐在石凳上，將杯子裡的水小心翼翼地倒回軍用水壺裡。「放外面蒸發得快，這水壺洗過，是乾淨的，以後歸妳用。」

他的語氣四平八穩，配上他稜角分明的臉型和英氣的劍眉、炯炯有神的眼睛，渾身散發著「我很冷但很可靠」的氣息。

文舞點頭道謝，而後做了個深呼吸，嚴肅道：「應隊長你好，我叫文舞，我有一件事關基地存亡的消息想跟你說，請你們務必重視。」

被變異犛牛追著狂奔的路上，她已經想好了說詞。

小說什麼的，不提也罷。自己雖然是個學渣，但有想像力啊。

先不說作者在文中神神祕祕地碎嘴，反復強調二三三三年末世真的會降臨，但她一個活人既然能穿進來，那這就是真實存在的世界，這裡的每個人都是活生生的生命。

文舞眼下只有一個樸實的心願——下一次天災降臨時，她希望基地所有的人，都能活著。

應隊長特意留下來等人甦醒，本就是在意她昏迷前說的那句「快跑」，見她忽然沒了聲音，以為她有所顧慮。他想了想，從上衣口袋掏出軍官證，鄭重道：「應准，第一六八國家救援基地救援隊大隊長，我在基地有一定的發言權，妳說，我聽著。」

文舞好奇地掃了黑色的證件一眼，也沒真的打開來看，而是在腦海中努力地回憶劇情。

「我意外覺醒了預知能力，能看到未來發生的一些事。四月一日那天，第二次天災會降臨全球，動植物再次發生進化……」成功開了頭，後面的話便變得流暢了起來。

除了這世界的本源來自於一本網路小說外，對於已經連載更新的內容，但凡還有印象的，她知無不言，言無不盡。

不知不覺兩人就聊了一個多小時。

隨著談話的深入，應准筆直的劍眉逐漸皺緊。他曾負責過審訊間諜的祕密任務，看似普通的問話，實則每個字都暗藏玄機。舉個簡單的例子，他刻意圍繞某個極為不起眼的細節，以不同的角度多次提問，並將這些問題打散在漫長的談話中，文舞每次的回答都自然而真實。

也正因為這分真實，他立即意識到了事態的嚴重性。

應准起立，身姿筆直。他最後一次確認，「妳的意思是，妳只要努力擊殺變異動植物，就有能力干預未來。所以妳希望國家可以在這方面提供幫助，同時也願意留在基地，用妳的能力幫大家抵禦未知的危險，對嗎？」

文舞重重地點頭。

應准忽然問：「妳昏迷前跟我說的，就是這件事？」

文舞歪頭琢磨了一會兒，自己也不太確定，「那時說的可能是——趕快逃『吧』，快跑？有什麼問題嗎？」

應准恍然，「沒什麼。」

他頓了頓，又認真地強調一句，「就算那一天真的到來，我們不會跑，也絕不會放棄任何一個同胞。」

想到基地被毀，軍人大哥大姐用血肉之軀，抵擋住瘋狂進攻的噴火獸，只為了幫基地的百姓多爭取一點撤離時間，文舞鼻尖驟然一酸。

我知道你們不會放棄啊，哪怕到了生命的最後一秒。

所以我來了，這次換我守護大家。

應准見她又在發呆，一板一眼地囑咐，「安心休息，別捨不得喝水，事關重大，晚點可能還需要妳當著司令的面再解釋一遍，嗓子得能出聲。」

文舞感激一笑，目送他離開。

不久後，文舞被帶到緊挨著基地大門的一間茅草屋內。開裂的門板上刻著三個遒勁大字：司令室。

屋內一圈石頭凳，擠一擠坐了近十人，東邊的首位上坐著一位頭髮花白的老者，深刻在眼角的皺紋帶著歲月的滄桑磨礪，看向文舞的目光卻慈愛溫和。

應准主動為雙方做介紹，「這位是基地的總負責人，溫司令，其餘幾位是救援隊的小隊長——她就是文舞，預知異能者。」

大家簡單打過招呼，隨即進入正題。

溫司令道：「在妳的預言裡，第一次沙塵暴後，未來每個季度的第一天都會出現新的天災，進一步引發全球變異。目前已知第二次的天災是霧霾，一部分動植物會出現異能，我們的基地會被噴火獸圍攻，所有人都葬身火海？」

文舞小心翼翼地糾正，「老百姓安全撤離，但是你們就……」

溫司令眉峰緊蹙，思索片刻後又道：「聽說，只要擊殺變異獸，妳就有機會改變未來，妳可以設法向我們證明這點嗎？」

文舞點頭，她正有此意。立刻有一位女性小隊長自告奮勇地起立，「報告，我們今天活捉了一條四處吃人的變異蟒蛇，正好可以拿來做實驗。」

得到溫司令的首肯，這位軍人小姐轉身朝著文舞招招手，「妳好，我叫許諾。跟我來。」

文舞下意識看向應准，見他微微頷首，便老實地跟著許諾往外走。

兩人剛走到門口，差點和一個滿身是血的軍人撞上。那人撥開她們倆，衝進屋內高喊：「可以來的趕緊跟我走，南邊原始森林內十多個人被變異野豬圍住了，我們火力不夠！」

他這邊話音才落，又有一人跑進基地大門，聲嘶力竭地大叫，「思睿的車遇到一窩變異沙蠍，車子拋錨了，就在北邊一公里外，快救人！」

兩人說完目目相覷，接著急切地盯住應准。只要大隊長親自帶人趕過去，被困的人就有救了！

應准在腦內快速分析完兩邊的情況，為難地看向溫司令，「變異野豬向來群居，每次出現至少一百頭。變異沙蠍一窩大概七、八隻，但每隻攻擊力、防禦力都極強，現在留在基地的人不多，全數出動才有把握救一邊……」他緊緊抿住唇，不知道該怎麼說下去。

溫司令閉了閉眼，輕嘆一聲，「思睿一個人，還開著車，他運氣向來不錯。去南邊吧，那裡的老百姓和戰友更需要你們。」

應准欲言又止，最後只是立正敬禮。

被堵在門口的文舞見狀，心裡難受得要命。那個叫思睿的人明明離基地更近，生還希望更大，可就因為他是一個人，就該被大家放棄，任由他自生自滅嗎？

她的情緒湧上來，便用身體擋住往外走的應准，不服地低聲質問，「就不能分出幾個人去救救那一個人嗎，他不可憐嗎？」那也是一個軍人，是她敬佩的英雄啊！

應准冷聲道：「軍人的天職是服從命令，基地的任務是救助百姓，將時間浪費在猶豫上，只會加重傷亡。妳與其不滿，不如去做自己能做的事。讓開。」

他一把將文舞拎到一旁，帶著其餘幾位小隊長快步離開。

許諾默默地跟了上去，卻被應准揮手制止，「妳留下，等其他小隊的人回來。」

許諾瞬間明白了他的意思，重重地點頭，目送那一行人衝出基地，向南疾行。

沒辦法，他們的基地挨著邊境，實在太偏了，至今只分到一輛卡車，正是思睿開出去的那輛，這也是為什麼救援隊只來得及去一邊的根本原因。

一去一回就要耽誤很長一段時間，另一邊的人根本等不起，思睿他──

突然，許諾的手臂被文舞抓住，只聽她連聲催促，「快快快，帶我去殺怪，我有辦法了，我要救人！」

此時此刻，文舞的眼前浮動著淺綠色的文章頁面，『第二章、找資源』。

她的視線鎖定了一行不起眼的描述：『蔣之田、徐欣怡幸運地發現了一輛翻倒的卡車，**車上的物資散落一地，可惜他們來晚一步，司機已經被沙蠍啃遍了全身。**』

不能放棄，還來得及！

02

第二筆

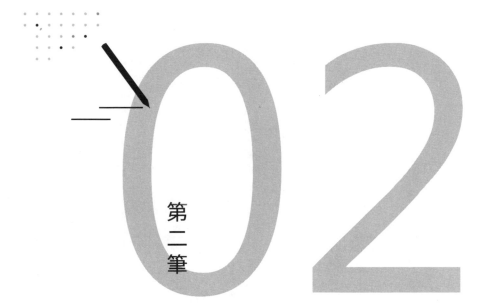

文舞被帶到基地後方的空地上，看到一條花花綠綠、滿身尖刺的變異蟒。

她渾身毛骨悚然，卻極力克制住心中的恐懼，接過許諾手中的匕首，一步一步地靠近這個外表可怖的巨獸。

許諾安慰道：「別怕，牠中了麻醉，一天之內都不會醒，本來是要留給思睿研究用的，沒想到他……」

怕給文舞壓力，她閉口不再提，但眼底不自覺地流露出懇求和急切。殺怪做貢獻，改變未來的走向，只要文舞說的異能都是真的，她就是思睿僅剩的一線生機！

文舞也明白，自己現在多耽擱一秒都有可能錯過救人的時機。

她緊咬著唇，握住匕首高高揚起，「許隊長，我從小就容易暈血，等一下可能會控制不住地昏過去，妳一定要把我掐醒，不管掐人中掐大腿還是掐手臂，千萬別手軟！」

說罷，她閉上雙眼，猛然揮著匕首刺下去。

一股冰涼的液體濺了她一臉，濃烈的血腥氣瘋狂地往她鼻孔裡鑽。文舞強撐著繼續刺下第二刀、第三刀，明明沒睜眼去看，腦子裡卻忽然天旋地轉，往後栽去。

撲通。

許諾堪堪接住她，怎麼搖晃都搖不醒，不得已輕輕掐了她手臂一下。

沒反應。

許諾焦急，大喊一聲「對不起」，狠狠地掐了她一把。

這次文舞終於睜眼，二話不說，撿起掉落的匕首，再次朝變異蟒砍去。

她逼自己瞪大眼睛，看著鮮血迸發的一幕，口中念念有詞，「我就不信了，我小時候那麼胖，我都能減肥練舞考上舞蹈系，我媽說只要肯堅持，除了念書以外沒有我做不到的事！一條不會動的蛇而已，我可以的，我可——呃。」

又暈了。

許諾一回生二回熟，上前就是狠狠一掐。文舞跳起來，撿起匕首繼續幹。

許諾在旁邊乾著急，忍不住問：「我能幫妳砍嗎，兩人一起會快一點，最後一刀留給妳。」

文舞立刻在心裡問系統，「妮妮，行嗎？」

「當然——」系統不知何時學會了吊胃口，**「不行，這變異蟒是他們抓回來打暈的，身上本來就有不少傷。想要貢獻點，至少要有百分之五十以上是妳親自動手擊殺的才算數，萬一她加入，導致妳最後只打掉百分之四十九的血，那就白辛苦了。」**

文舞表示明白，婉拒了許諾的好意，掄起酸疼的手臂繼續砍。

眼前再次模糊時，她氣勢十足地朝許諾喊：「來呀，掐我！不要憐惜我這朵嬌花！」

話音沒落，人已經倒地。

許諾抽著嘴角，上去又是狠狠一把。

因為不放心，特意來看看情況的溫司令：「……」

「年輕就是好啊，朝氣蓬勃。」他沒上前打擾兩人，在被發現之前轉身離開。

一刻鐘後，半截白皙的手臂上已布滿淤青時，文舞終於不暈了。

她開始吐。

吐著吐著，腦海中終於傳來系統無比美妙的聲音，**「恭喜宿主成功擊殺一隻變異蟒，獎勵末世貢獻一點。」**

文舞精神一振。雖然只有一點，但夠用了！

她立刻調出淺綠色的文章頁面，握住光筆，將「司機已經被沙蠍啃遍了全身」的「啃」改成——

嗯……「看」嗎？那不是得被扒光衣服，就算對方是沙蠍也不太好吧。

文舞羞澀地回頭求助，「許隊長，一個人被沙蠍怎麼遍全身比較安全？只能說一個字。」

許諾一直在旁邊觀察文舞，自然看到她憑空做出握筆動作，彷彿在空氣中書寫什麼，猜測這大概就是她預知異能的使用方式。許諾快速一想，「黏遍全身吧。我跟沙蠍戰鬥過，沙蠍體態龐大、外殼堅硬，頭部柔韌度差，兩隻黏在一起，鉗子就能互相卡住對方，把人完全遮在中間，不僅可以防止牠們咬人，還能抵禦其他沙蠍進攻。」

文舞左手比劃表示沒問題，右手握住光筆，快速地寫下舌、忝……「舔」。

「應該是這麼寫的沒錯吧，妮妮？」

系統：「……」

它不想和她說話，自動陷入休眠。

文舞沒收到回應也不在乎，連忙將這個喜訊告訴許諾。恰好基地門口一支救援隊伍走進來，許諾一眼看見帶隊的人，激動地衝上去大喊：「俞隊，思睿在北邊，一窩沙蠍！」她急得話都沒說全，待要補充時，剛結束一次遠途搜救任務的俞隊長已經帶著人匆忙掉頭離開，看看方向，正是去了北邊。

文舞聽見那聲「俞隊」，好奇地望過去，只來得及目送一行人的背影消失在基地門口。她緊繃的精神一鬆，身體透支的疲憊感襲上頭，再次昏了過去。

同一時間，在救援基地北邊一公里外附近，出來搜索物資，順便尋找「文舞」下落的蔣之田、徐欣怡驅車經過。兩人幸運地發現一輛翻倒的卡車，車上的物資散落一地。

可惜他們來晚一步，司機已經被沙蠍……舔遍了全身?!

這群沙蠍是有病嗎！

文舞這次昏迷比上次還誇張，足足睡了一天一夜。

也不知道是夢到了什麼，她時不時囈語著「別走」，醒來時已經淚流滿面。

睜開眼對上應准疑惑的目光，她赧然地坐起身，用袖子抹掉淚水，「不好意思，做噩夢了。」

應准「嗯」了一聲，聽不出情緒，「我們不會丟下妳，也不會丟下任何人，不用擔心。」

文舞心知他誤會了，但她也不想多說，於是順著他的話點點頭，沒做多餘的解釋。

應准又道：「我來是想跟妳說聲謝謝。思睿是我從小到大的好朋友，我已經聽許諾說了，謝謝妳當時沒有放棄他。」

文舞一下想起來這事，連忙問：「那他人怎麼樣了，平安無事嗎？還有你那邊，也都救回來了？」

應准頷首，剛要細說，木板門就被從外敲響，發出沉悶的「咚咚」聲。

「我聽到有說話聲，是人醒了嗎？方便進去嗎？」一個柔和的嗓音傳來，光聽聲音，文舞彷彿已經看到了聲音主人溫暖如春的笑容。

「是思睿，他怕人多吵醒妳，一直在外面等著，想跟妳當面道謝。」

文舞不好意思地擺擺手，「不用不用，我其實也沒做什麼，也不一定就是我的功勞。多虧當時另一支搜救隊回來，許隊長跟他們求助——幹嘛這樣看我，你的表情為什麼這麼奇怪？」

應准臉上難得出現一絲笑意，「還是讓思睿進來，自己跟妳說吧。」

文舞沒再推辭，應准起身開門，須臾推著一把輪椅走進來。

坐輪椅的人額頭上裹著厚厚的紗布，卻掩不住清秀的眉眼、溫潤的氣質，莫名讓文舞覺得有點眼熟。但她很確定，自己以前從沒見過這個人，更何況他還是書中的角色。

不過文舞很快就知道了原因所在。

溫司令隨後走了進來，和輪椅上的人一起，動作緩慢卻鄭重地朝她鞠了一躬。

「感謝妳，為了思睿所付出的努力，讓我這個當爺爺的沒有白髮人送黑髮人。」

「妳好，我叫溫思睿。謝謝妳的幫助，否則我不可能等得到基地的救援。」

文舞不好意思地連連擺手，雖然她自己見識過「跑不停」的威力，但這次效果如何還真不好說。總之還是多虧了救援隊的英雄們相助。

溫思睿笑道：「不用謙虛，畢竟要不是妳的能力，那些沙蠍不可能一直在那舔我，這種事前所未聞。」

文舞：「……」

她的中文書寫能力雖然不好，但聽力還行。

所以她當時寫的是「舔」，不是「黏」？

一時之間，她竟然分不出溫思睿是在謝她還是在損她，十分尷尬。

溫思睿似是回想起什麼有趣的細節，忽然輕笑，「對了，當時隔壁避難所的異能者路過，看樣子是想打那一車資源的主意，我趁機假裝剛剛覺醒異能，操控著沙蠍舔自己，那兩人懷疑我是個變態，沒敢碰那些資源就跑了。」

文舞這邊剛接過應准遞來的水杯，聞言「噗嗤」了一下。但水資源這麼寶貴，浪費可恥，她一把摀住嘴，「咳咳咳」半天將水咽下去，一滴也沒噴出來。屋裡的人都被她這模樣逗笑。

溫思睿也忍俊不禁，「所以，妳這次不僅救了我，還間接護住了這批救急的資源，基地的百姓們也都很感謝妳。」

溫司令頷首，感慨道：「妳是我們基地第一個、也是唯一的一個異能者。我知道，避難所可以給妳提供更好的待遇，但妳還是選擇來這裡，感謝妳的信任和付出。」

文舞一剎那心中滾燙，頭腦發楞。她語無倫次，「所以你們願意相信我了，對嗎？謝謝，謝謝！我以後一定會努力跟你們一起保護大家！還有對不起溫爺爺和應隊長，我沒想到……我當時還覺得你們太理智太無情，對不起！」

說完意識到，完蛋，她這不是把自己給賣了？她頓時表情裂開，眼神呆滯。

溫司令的笑容越發慈愛，「好孩子，不用道歉，妳並沒做錯什麼。只是從我穿上這身衣服、站在這個位置起，保家衛國愛人民就不再是個口號。我先是基地的負責人，才是思睿的爺爺，我的決定，無愧於心。」

文舞腦子裡突然出現另一個男人溫和的聲音，跟小小的她說著同樣的話。

「小舞啊，妳看，這是爸爸為妳帶回來的禮物，漂不漂亮？喜歡嗎？」

「不漂亮，不喜歡。媽媽哭了，不讓我理你。姥姥、姥爺、舅舅、舅媽都說你是壞人，你和其他壞人一起做壞事。」

「對不起，是爸爸不好，讓妳和妳媽受委屈了。爸爸這次離開，去的地方有點遠，不知道什麼時候才能再回來。妳記得，長大後無論遇到什麼事，不管別人說什麼，自己都要無愧於心……」

他再也沒回來，回來的只有一枚臥底立功的獎章。

為了她們母女的安全，東西是悄悄送到家裡的，在左鄰右舍眼裡，她爸爸依然是那個壞人。

眼淚一瞬奪眶而出。

哭著哭著，她發現屋裡三個男人，老的少的，全都是一臉不知所措，正互相偷偷打著眼色。

溫司令：「女孩子哭了要怎麼哄？」

應准：「沒經驗，問思睿。」

溫思睿：「我怎麼知道，我又沒哄過。明明是你經驗豐富，我記得小時候你常常打哭我，之後都是怎麼哄的？」

應准：「晾著。」

溫思睿：「……」

文舞實在忍不住，又破涕而笑，搞得自己像個瘋子一樣。

忽然，屋外傳來一陣叫罵聲。茅草屋隔音差，不用開門文舞都能聽得清清楚楚。

一個老頭子嚷嚷著，「你這個畜生，怎麼有臉回來，應隊長當初就不該救你！還有你們幾個，想跟他去避難所是吧？行，把基地發給你們的武器還回來，一群忘恩負義的傢伙！」

溫思睿哂笑，「要不是知道蔣之田建立的是避難所，我還以為他是做傳銷的呢，到處拉人入伙，隔三差五就來這麼一回。」

應准面色冷然，「我出去看看。」

應准先一步離開，溫司令隨後跟了出去。

溫思睿看向蠢蠢欲動的文舞，溫和一笑，「我很好奇阿准會怎麼收拾那些傢伙，妳推我出去看看好嗎？」

文舞一秒丟掉矜持，開心地點頭，起身推著輪椅，慢慢地移動出去。

基地門口，一個皮膚黝黑、身形枯瘦的老頭子正攔著五個青年，嘴裡罵罵咧咧，一口一個「畜生」「忘恩負義」。

為首那尖嘴猴腮的青年不耐煩，猛然將人往後一推。「老不死的，你煩不煩，自己願意在這挨餓受凍隨便你，別耽誤我們兄弟過好日子。」

眼看老頭子要摔了個倒仰，多半得傷筋動骨，應准大步衝上去，伸手一托，稍稍用力便將幾乎橫著的人豎了起來。

動手的青年一見是他，囂張的氣焰頓時一萎，跟在他身後的四個人更是縮著肩膀，互相往彼此身後躲。

文舞推著溫思睿出來，剛好看到這一幕，心裡莫名有了一絲平衡，「原來大家都很害怕應隊長啊，還以為就只有我這麼膽小呢。」

溫思睿聽到她的嘀咕，不由得覺得好笑，「老劉在我們基地負責打更報時，順便也幫忙打掃環境。推倒他的人是他的親姪子，當初他們是一起被阿准救回基地的。」

文舞一下腦補出後續內容：姪子忘恩負義，不僅轉頭投奔蔣之田的避難所，還時不時回來挖基地的牆腳。

畢竟在末世初期，異能者萬裡挑一，最多的還是普通人。青壯年男子在力量上具備優勢，除了極少數的異能者和各基地救援隊外，這些人才是和變異獸戰鬥、外出搜尋資源的中堅力量。

短短工夫，老劉也已經跟應准告狀完畢。

應准幫他拍背順氣，語氣平淡道：「您一生氣就會高血壓，等等讓思睿替您送兩片降血壓藥，正好他剛載了一車的資源回來，這次沒遇到什麼危險，就是讓沙蠍舔了幾下。」

老劉突然瞪眼，緊接著拍著胸脯，表情滑稽地勸自己，「不生氣，我不生氣，藥那麼寶貴，思睿那孩子豁出性命載回來的。被沙蠍舔，這我可不能浪費。」

溫思睿：「……」

好兄弟，插得一手好刀。

文舞不厚道地想笑，又有點心虛。「那個，我多嘴說一句，你千萬別怪溫爺爺，還有應隊長。當時那種情況真的很難抉擇，我雖然替你說了話，但也是站著說話不腰疼。」

說完，她心裡總算舒服了一些，不然總覺得自己太虛偽。

溫思睿輕輕頷首，「放心，我為他們倆的選擇感到驕傲，也一樣很感謝妳。聽許諾說，妳為了克服暈血的毛病，手臂都被她掐腫了。」

文舞下意識摸了摸被衣袖遮住淤青的左手臂，不僅不生氣，反而很感謝許諾的果決。

只是無意中掃到溫思睿的雙腿，她心中一陣惋惜。

可能是注意到了她的視線，溫思睿輕聲解釋，「當時沙蠍突然從地底下鑽出來，頂翻了卡車，我的腿剛好被車斗壓到。」

文舞聽著都疼，「對不起，都怪我沒用，如果我動作可以再快一點，你的腿或許就不會有事了。」

溫思睿轉過身朝她招手，「低頭。」

文舞不明所以，老實地彎下腰，探出腦袋。

溫思睿伸手摸了摸她的頭，「是妳救了我，不需要內疚。壞人作惡沒有絲毫罪惡感，好人卻會嫌自己幫忙幫得不夠多，沒這個道理。」

話音剛落，兩人就聽那幾個青年鬧著要走。

帶頭的大喊：「大家幫我們評評理，當初說的是自願來基地，去留隨便。現在不讓人走，不就是想讓年輕的留下來幹活，好養活那群老的小的？」

旁邊一人跟著小聲嘟囔，「就是，我們又沒欠著誰，憑什麼每天冒死出去，辛辛苦苦地找資源，回來還要分給那些不認識的人？」

剩下三個人點頭，顯然都覺得這個分配制度不合理，所以才決定去避難所。在那裡，有多大的本事就能過上多好的日子，那才叫公平。

應准依然是那張看不出表情的臉，因為氣勢太過凌厲，反而很容易讓人忽略掉他長得好看的事實。他什麼也沒說，手摸向腰間，青年們見狀大驚失色，突然又是喊救命又是抱頭逃竄。

「啊，應准要殺人啦！」

「救命，我不走了可以嗎？你有話好好說，別開槍！」

應准的手微微一頓，抽了下嘴角，繼而從腰間的軍用腰包裡掏出一個小簿子，翻了翻，停在其中一頁。

他指著那幾人身上帶的被褥和包袱，公事公辦道：「按照基地的救援守則，人可以走，把基地發放的武器和生活用品留下。給你們五分鐘時間，把不該拿的放回去。」

四個要走的青年一聽，明顯不太樂意。這可是末世，弄到一床被子都是人上人，到手的好東西，憑什麼往外掏？再者，他們這期間也沒少組隊出去找資源，雖然沒找到什麼，但沒功勞，至少也有苦勞啊？

其中一人正想扯個幾句，卻見應准的手再一次摸向腰間，這次不是掏小簿子，而是精准地握住了他那把彈無虛發的衝鋒手槍。

「……」

四人一下子怕了，磨磨蹭蹭地蹲下來拆開包袱，一樣一樣地將不屬於他們的東西往外放。見這幾人不僅裝了自用的香皂、毛巾、牙刷牙杯之類的，連基地統一發的鍋碗瓢盆都沒放過，讓周圍看熱鬧的民眾一陣鄙夷。

文舞心中不齒，心念一動，召喚出文章頁面，想看看作者有沒有寫蔣之田那邊去了新成員、如何安置之類的內容。她順著第二章沙蠍的劇情往下找，直到翻頁。

『第三章、黑吃黑』。

這個小標題她以前從來不細看，現在卻成功吸引了她的注意力。

文舞認真地讀下去，很快就在正文中找到幾段關鍵內容——

『蔣之田順道去接人，不料剛好遇到三個異能者堵在救援基地門口，惡聲惡氣道：「我們是來打劫糧食的，以後每星期固定來一次。識相點，老老實實地配合，否則別怪我們不客氣！」

『蔣之田猜到這三個異能者的來歷，正是最近在附近幾個救援基地和避難所流竄作案的劫匪團體，一旦從這裡得手，下一個遭殃的就會是他的避難所。為了防患於未然，他毫不猶豫地出手了……』

文舞飛速地看完，狠狠翻了個白眼。

她以前就不待見男主，覺得他有點油膩，現在連基礎的濾鏡都徹底破碎。

沒想到這傢伙這麼有心機，故意裝作是為了幫基地才出手，其實是想聯合救援隊的力量一起驅趕劫匪，免得自己的地盤成為下一個目標。這也罷，畢竟是互幫互助，可他最後還跟基地索要了一百斤大米，美其名曰是出手費，簡直厚顏無恥！

文舞不滿地繼續往下看，轉眼翻到了『第四章、大豐收』。

正文內容一上來就是——

『蔣之田得到了一百斤大米，帶著新成員離開，不料在基地門外險些被一個眼角帶疤的男人撞了一把。

「他不悅道：「什麼人，在這站著幹什麼？」

『那人也冷哼一聲，「老子是來看熱鬧的，關你屁事？」』

本來以為蔣之田要踢到鐵板，文舞還有點期待，直到看到兩人不打不相識，蔣之田意外收穫了一個千里眼異能者，可把她都氣壞了，連喘氣都「呼哧呼哧」的。

溫思睿看著她盯著空蕩蕩的前方，好像看到了什麼不開心的事，越來越生氣，一瞬就聯想到她的預知能力。他關心道：「是接下來會發生什麼問題嗎？」

文舞回過神，忽然靈光一閃，抓著他的手臂急切道：「許隊長說，你在基地是專門負責研究那些變異獸的，你那邊還有活的嗎？越多越好，最好是好殺一點的，借我用用，我趕時間！」

溫思睿見她急成這樣，不敢耽擱，急忙叫來一個小隊長，附在對方耳邊說了幾句。

小隊長以最快的速度去而復返，帶回一個鞋盒大小的金屬盒子。

溫思睿將盒子打開，遞給文舞，「這裡有五隻變異螞蟻，都被我注射了鎮定劑，妳看看行不行？」

文舞扒著盒子往裡一看，體型小、數量多，這個完全可以！

她借來小隊長的匕首，把金屬盒往地上一放，蹲在旁邊，對著盒子裡就是一陣狂扎，表情大概比容嬤嬤還猙獰。變異螞蟻每隻只有她的巴掌那麼大，但幾刀下去，一樣沒有少噴血。她很快開始覺得噁心，不得不移開視線，瞪著那幾個搞事的青年以尋找動力。

帶頭的男青年察覺文舞的目光，扭頭橫她一眼，「看什麼看，沒見過男的嗎？」

文舞一張嘴，「嘔——」

老劉立刻指著他姪子大罵，「瞧你長得這麼噁心，讓一個好好的大閨女都看到吐了！」因為文舞吐的時機恰到好處，老劉這一句罵得他姪子的臉憋成豬肝色，逗得大家哈哈大笑。

帶頭的青年沒好氣地哼一聲，催旁邊四個同伙，「動作快點，別那麼摳門，一副沒見過好東西的樣子。去了蔣老大的避難所裡什麼沒有，這些破爛的東西趕緊扔了。」

四人中有三個聽了這話，覺得有道理，不再糾結不捨，手上動作加快。剩下一個相反，本來就慢吞吞的，聞言乾脆不動了。

應准看向最後一人，「還剩一分鐘，快點收拾乾淨。」

那人下意識地伸出手，手臂卻停在半空，小聲問：「萬一我們後悔了……走了之後還能再回來嗎？」

應准一臉漠然，「救援基地去留隨意，但空出來的名額只會讓給真正需要的人。」

帶頭的青年見這人開始猶豫，生怕他帶跑了另外三個，趕忙上去輕輕踢他一腳，「出去吃香喝辣，誰他媽還稀罕回來受苦。別磨磨蹭蹭了，你還是不是個男人？」

挨踢的人感到惱火，指著一地的東西大叫，「我他媽算什麼男人？你看看這些，吃的喝的用的，哪樣不是基地給的？我後悔了，我要就這麼走了，我連個人都不算！我不走了，你們要走自己走，別算上我。」

他終於下定決心，趕緊三兩下將自己的東西塞回包袱裡，背著被褥往回走。

聽到帶頭的人威脅他「走了就別回來，以後也別來求我」，他嚇得直接跑起來。

溜了溜了，絕對不能被應隊長記住，以後洗心革面、重新做人！

除去臨陣退縮的一人，剩下三個很快就收拾好，背起乾癟的包袱準備離開。

帶頭的青年試著繞開應准往外走，見他當真不再攔，心中微微得意。基地這些人討厭他又如何，還不是拿他沒辦法？他一個小老百姓，一不偷二不搶，就是沒事回來跟熟人聊個兩句，聊完人家自己求著跟他走，跟他有什麼關係？

四人假裝看不到基地民眾的指指點點，匆匆往出口走去。不料才走出柵欄門，這幾人忽然接連哀嚎幾聲，轉眼就被打得鼻青臉腫，整個人倒著飛了回來！

眾人：「？」

基地門外，蔣之田開著卡車順道來接新成員。見剛走出來的人轉眼又被扔了回去，以為應准不放人，一腳踩住剎車，跳下去上前交涉。

文舞餘光瞥見蔣之田的身影，心知時間緊迫，下刀快如搗蒜，濺了一臉的血格外嚇人。

終於，系統發出了它那美妙的機械音，**「恭喜宿主成功擊殺五隻變異螞蟻，獎勵末世貢獻五點。」**

她大鬆一口氣，緊緊握住懸浮的光筆，和溫思睿低聲耳語幾句，將第三章裡「我們是來打劫糧食的」、第四章裡「老子是來看熱鬧的」兩句飛速改掉。

彼時，蔣之田一走近就發現不對。

攔住門口的並非救援隊成員，而是臭名昭彰的三人異能者團體。

末世降臨後，這三人一直在附近幾個救援基地和避難所流竄作案，因為個個都很能打，而且搶完就跑、毫不戀戰，受害者至今仍拿他們沒轍。

蔣之田心知肚明，一旦搶完這裡，下一個遭殃的就會是他的避難所。為了自保，他決定借助救援隊的力量，先發制人，給他們一點顏色瞧瞧。

下一秒，就聽三人中的一個惡聲惡氣道：「裡面的人聽好了，我們是來打掃環境的，以後每星期固定來一次。識相點，老老實實地配合，否則別怪我們不客氣！」

已經醞釀好情緒的蔣之田緊接著大喝一聲，「住手！有我在，什麼時候輪到你們在這撒野了！」

說完之後，場面突然安靜下來。滿是沙塵的空氣中夾雜著一絲若有似無的煩躁和尷尬。

三個異能者一臉疑惑：我是誰？我在哪？我他媽到底來幹什麼的？

蔣之田也滿頭霧水：這三個人是不是有什麼毛病？

一片死寂中，應准看向遠處被鮮血糊了一臉的文舞、還有大笑著幫她擦臉的溫思睿，心中了然。他眼底閃過一抹無奈，這兩個促狹鬼啊。

「噗、哈哈哈哈！」許諾爽朗的笑聲打破沉默，而後扛著三把自製的大掃帚走上前，一個異能者手裡塞一把。「一人一把掃帚，別搶啊，都有！」

她一早就看見文舞在那殺溫思睿珍藏的變異螞蟻，擔心她暈過去，特意守在一旁。幸好最後人沒事，還及時用她的異能改變了事情的走向，否則真的打起來，就憑異能者的破壞力，本來就簡陋的基地又要雪上加霜了。

現在的文舞在她眼裡啊，簡直就是上天派來支援他們基地的小福星，她可太愛她了！

與此同時，異能者們越想越心驚。

尤其是開口放狠話的頭頭，說錯話那一瞬，他發現自己竟然失去了對身體的控制權，彷彿一個傀儡木偶般任人擺布。這大白天的，簡直見鬼了！

然而，無論他們內心如何抗拒，身體依舊無比誠實地接過掃帚，認認真真地打掃了起來。

三人：「……」

太可怕了，是誰說這裡沒有異能者，該死的騙子！

基地雖然建立在荒漠地帶，遍地黃沙，但日常並非不用掃土。

事實上，為了不讓大風將地形吹出沙坑，導致茅草屋塌陷，救援隊做完任務回來，不管多晚多累，經常還要一起夯實沙子、平整地形。現在好了，這三個異能者孔武有力、一個頂三個，有他們定期來幫忙幹活，大家都能輕鬆不少。

一場打劫事件被悄無聲息地化解。

老劉掀起耷拉的眼皮，伸著脖子仔細打量三個異能者，嘟囔道：「三角眼、塌鼻梁，看著不像是什麼好人，沒想到還滿有素質的，不僅主動來我們這裡當義工，還不讓人阻攔，真是人不可貌相。」

基地的民眾們也覺得有理，紛紛圍上來，朝三個異能者豎起大拇指。

「真不錯，難怪會幫我們揍那幾個忘恩負義的傢伙，真爽快！」

「很少見到你們這種樂於助人的異能者，你們和應隊長、俞隊長一樣，都是英雄好漢。」

「你們雖然長得不帥，但人滿可靠的，我外甥女也在這個基地裡，看起來跟你差不多大……」

哪怕是末世，也少不了這種愛替人亂操心的親戚，大家一下子笑了起來。

三個異能者剛開始還以為這些老頭子老太太成心羞辱自己，不想他們左一聲「英雄」、右一句「好漢」，聽著聽著，竟莫名讓人心潮澎湃。

等到進入介紹女朋友的環節，三人雙眼一瞪，掃地的動作更加賣力了起來。

多虧老大一開始就放了狠話，以後每星期固定來一次，等跟這些叔叔阿姨們混熟了，末世前沒脫的單，末世後總算有希望了吧？

三個劫匪美滋滋地幻想著，時不時傻笑個兩聲。

蔣之田觀察半天，雖然知道肯定有哪裡不對，一時間卻猜不到真相。

他的視線快速掃過在場的所有人，看到文舞的背影時，呼吸一滯。

這個格子襯衫牛仔褲的打扮，怎麼有點眼熟？難道文舞那天沒死，而是被基地的人救了？

待意識到這女人一身的血，看溫思睿的樣子也是在幫她擦臉上的血漬，他自嘲一笑，立刻打消了這個離譜的念頭。

文舞那種大小姐做派，整天嫌這髒嫌那髒的，怎麼可能把自己搞得這麼狼狽。她至今唯一一次出手，大概就是一時興起，趁東子不注意，幫他快要打死的獵物補了一槍吧？

雖然對文舞這個青梅有諸多不滿，但到底認識多年，一想到人不在了，蔣之田也不想苛責太多，當即不再關注那個背影。

他給被揍了一頓後，坐在地上不起來的青年使了個眼色，青年迅速爬起來，叫上三個同伴，跟著一起離開。

三個同伴走走停停，忍不住回頭張望。以前基地沒異能者，他們出去尋找資源時經常被欺負，現在一下子多了三個自願來掃地的，留下來會不會比較好？

要知道，蔣之田的避難所也就他一個異能者，還不如現在的救援基地呢。

其中一人越想越覺得虧，故意落後幾步，走著走著突然掉頭折返。

應准剛才沒攔，現在反而將人攔住。

這人腆著臉笑道：「應隊長，我也後悔了，我不走了。基地救了我，還包容我這麼長時間的吃喝拉撒，我就這麼走了，那不就真的成了忘恩負義的人了？」

應准冷冷地看他一眼，沒說出任何難聽的話，只是客觀地陳述一個事實，「剛來了三個新成員，基地沒多餘的床位了。」

三個異能者耳聰目明，聞言心中大喜。另外兩個也想跟著一起留下來的青年面色訕訕，暗暗慶幸自己動作慢一步，至少沒當面得罪蔣之田，不至於兩面不是人。

開口的人沒想到會碰個軟釘子，拉下臉想跟應准耍賴。然而一對上應准那雙眼，他心裡一顫，腦子瞬間清醒過來，一個字都不敢多說，硬著頭皮重新追上蔣之田。

蔣之田回頭一看，噁心得要死，剛想說避難所內都快沒空間了，一轉身卻跟一個眼角帶疤的男人撞到一起，險些栽倒。

他不悅道：「什麼人，在這站著幹什麼？」

那人也冷哼一聲，「老子是來看大門的，關你屁事？」

說完，他忽然陷入了詭異的沉默。

旁邊三個還在使勁掃地的劫匪聞言，猛然生出一絲緊張感，沒想到這個救援基地這麼搶手，這麼快又一個自己送上門的！

認出這又是一個異能者的應准：「……」

三個清潔工，一個看門的，今天可真是驚喜連連。

蔣之田看傻子似的看著眼前這個異能者，只覺得胸口憋悶。

今天這趟可真是，處處不順。

這麼一打岔，他也沒了趕人的心思，吩咐四個青年跳上卡車，油門一腳催下去，飛速地逃離這個有點邪門的基地。

很快，新來的四個異能者便被請到簡陋的司令室中，文舞和應准、溫思睿也一起被叫來開會。

「你們好，我是基地的負責人溫鶴，我代表一六八救援基地，歡迎四位的到來。」溫司令是個極具親和力的領導人，威嚴內斂、氣質平和，一開口就讓人不自覺地想要傾聽。

三個掃地異能者中的頭領主動應和，「領導好，您太客氣了。我叫寇梵，其他人都稱我為寇老大，這是我的兩個兄弟，衛竹子、陳留。」

「方便說一下，你們具體是擁有什麼樣的異能嗎？」

「當然方便，我們主要就是能跑會打。我是身體鋼化，防禦力強、陳留是跑起來健步如飛，比鳥都快、竹子是力大無窮。剛好我們又都是練家子的……」

寇梵雖然面相凶惡，卻意外得很會獻殷勤，話還很多。

他不知不覺打開話匣子，從三人自小在孤兒院長大、沒什麼念過書，末世前混黑道、末世後沒人敢收留，一路說到餓得走投無路、乾脆跟小時候一樣乞討過活。

文舞耳邊忽然響起系統的美妙聲音——

「恭喜宿主成功為基地招攬異能者，獎勵末世貢獻一點。」

欸？沒打怪居然有獎勵？

她有點疑惑，「妮妮，這真的是我沒做什麼就能拿的貢獻點嗎？」可別讓人白開心一場。

系統公式化道：**「宿主並非沒做什麼，而是通過招攬異能者，提高了救援基地的自保能力，從而救助更多的普通百姓。我的統計不會出錯。」**

文舞琢磨著它的話，稍微有點明白所謂的末世貢獻點數是怎麼賺取的了。

像最基礎的打怪，是因為減少了變異獸的數量，間接保護百姓不受攻擊，招攬異能者也是，拐個彎最終落實在保護百姓上，殊途同歸。

知道該怎麼做，接下來就是努力了。這個文舞擅長啊，她一下對自己信心倍增！

「文舞，妳願意跟大家介紹一下妳的能力嗎？」溫司令的聲音傳來，文舞立刻回過神。

溫思睿見她雙眼茫然，默默地給出提示，「這位叫丁萬里的異能者，異能是千里眼，他說他不明白自己為什麼會說錯話，想知道原因。」

文舞懂了，又到了她表現的時刻。她拿捏著超脫淡然的氣質，清了清嗓子，「你好，我是預知異能者，同時也能改變未來的走向。」

丁萬里愕然，「妳的意思是說，妳能提前知道我要說什麼，故意讓我說錯話？不可能，妳這跟為所欲為有什麼差別？」

文舞攤手，「大概，沒差別」。前提是貢獻點足夠、也不怕被作者發現的話。

反正吹牛又不用付費，她先穩住強者人設再說。

丁萬里：「……」

細思恐極。

不是他少見多怪，末世降臨後什麼稀奇古怪的異能都有，但知道未來就算了，還能更改，怎麼不把「開外掛」三個字直接印在額頭上？

和寇梵他們三人不同，丁萬里沒被「英雄好漢」這個甜滋滋的稱號洗腦，對莫名來幫基地看門一事有些牴觸。

他懷疑文舞想誆騙他，冷不防道：「剛才進門之前，我看到隔壁荒漠有人餓到要易子而食，已經架好鍋、燒著水了。隔得這麼遠，妳也能讓那兩個畜生改變主意？」

易子而食，這四個字讓文舞一陣心驚。她念頭一動，調出浮空的文章頁面，目光專注地尋找這段內容。殊不知，她盯著前方的空氣，彷彿進入異次元空間，常年練舞的氣質本就輕盈，再加上體態翩躚，看起來格外得神祕。

這下不止丁萬里，連寇梵三人也隱隱生出一絲敬畏，後知後覺地想到難怪他們打劫不成，反倒主動留下來做苦力，原來是有豪強暗中出手。還好他們機智，逃過一劫。

眾人各有所思之際，文舞的視線快速掃完『**第五章、被鄙視了**』。

她對這部分內容有印象，重點是在寫說寫黑心蓮徐欣怡重生回來後，因為身嬌體弱，在實力至上的避難所被嫌棄。上輩子她為此感到慚愧自卑，沒少讓人欺負，這輩子她開局就「幹掉」曾經舞得最歡的惡毒青梅，面對其餘人的欺辱也是四兩撥千斤，穩穩地站住了腳跟。而這些人現在對她的輕視，正是為她不久後綁定隨身空間、「啪啪」打他們的臉做鋪墊。

文舞確定目標不在這裡，連忙翻到下一頁，『第六章、好人有好報』。

她剛來基地時複習過作者已經更新的內容，對「易子而食」這四個字印象深刻。當時就想著，等貢獻點有富餘，一定要扭轉這個瘋狂的世道。

應該就在這附近——

找到了！

『窮途末路是最考驗人性的，有些人餓得受不了了，甚至易子而食。』

來不及多想，文舞握住光筆，將「易子而食」的「子」改成「腳」。最後一豎寫完，發現文章頁面的字被成功覆蓋，她鬆了一口氣。

已經發生的事，她和作者都不能更改。既然現在還能改，就說明還來得及，太好了！

丁萬里見文舞一副發完氣功、很疲憊的模樣，心有所感，徑直推門走出去，往之前的方向眺望。

異能發動，一眼千里。

轉瞬就發現目標，正是他之前看到的那兩個三口之家。此時兩個母親抱著失而復得的孩子、放聲大哭，兩個狠毒的父親坐在一起，迫不及待地脫掉彼此的鞋子。

「來，你吃我的腳，我也吃你的腳。」

「快點吧，我已經餓得等不及了。」

兩人互相捧起對方末世來臨後再沒洗過的臭腳，一臉渴望地塞進嘴裡，狠狠咬了一口——「嘔！」

這是有味道的一幕，丁萬里猛然摀嘴乾嘔幾聲，而後滿臉震驚地踉蹌走回屋內。

他這反應已經說明了一切，寇梵、陳留和衛竹子紛紛向文舞投去崇拜的目光。

寇梵立刻精明地主動表態，「感謝大人不殺之恩，我們以後就跟定妳了！」

兩個小弟也重重點頭。

文舞壓下上翹的嘴角，學著應准高冷的模樣，煞有介事地「嗯」了一聲，而後問丁萬里，「你考慮得怎麼樣了？我們基地去留隨意，但床位只留給真正需要的人。」

應准看了她一眼，沒說什麼。溫思睿則摀嘴輕笑。

丁萬里從她的話裡莫名聽出一絲嫌棄，心臟跳得飛快。

他又不傻，面前這小女生顯然是真的能操控別人，還是遠端操控。得罪了她，她一個念想，說不定就能讓他自戳雙目。

在這該死的末世能遇到這種頂級異能者，此時不抱大腿，更待何時？

但丁萬里又不想跪得太快，沒了風骨。要知道，他左眼眼角這道疤，就是小時候尿了床、還死活不承認，非說是他爸尿的，被他爸一巴掌呼在地上磕到的。

思來想去，他倔強地冷哼一聲，「妳倒是真有兩把刷子。這樣吧，我叫妳一聲爸爸，妳敢回應嗎？」

文舞挺胸抬頭，「有什麼不敢？不就是一聲爸爸，你叫十聲我都照應不誤。」

跟我聊念書，百分之百是我跪。但跟我聊套路，呵呵，十年資深讀者帶你走進王者文學！

丁萬里：「爸爸爸爸爸爸爸爸爸！」

文舞：「哎哎哎哎哎哎哎哎哎！」

兩人的目光短兵相接，丁萬里鄭重其事地抱拳一揖，「好氣魄，甘拜下風！」

文舞擺手，「客氣了，哪裡哪裡。」

眾人：「……」

我們就看你們倆在那邊演！

四個異能者既然心甘情願地決定留下，應准便分配了任務給他們。

「丁萬里看得遠，負責站在門口的高臺上望哨。注意，不僅要警惕變異獸突襲，還要隨時留意附近有沒有受困的民眾，一旦發現立刻通知救援隊。」

丁萬里豪邁地做了個自戳雙目的動作，「包在我這雙眼睛上。」

「寇梵、衛竹子和陳留擅長戰鬥，以後輪流隨救援隊出去執行任務，每次至少留一人護衛基地，留下的人順便打掃環境、平整沙地。」三個人一聽他們不止掃土，還能跟著救援隊出任務，有一種被接納的歸屬感，也是滿意得不得了。

氣氛大好，溫司令打鐵趁熱地宣布，「既然你們都認可文舞的能力，那就由她擔任我們基地異能部的大隊長，負責管理所有異能者。

「順便介紹一下，應准是救援部的大隊長，姓俞的副隊長目前在出遠程任務，還沒回來。思睿是研究部的研究員，平時主要負責變異動植物的研究，偶爾也幫我們和其他基地聯絡溝通。」

溫思睿抿唇自嘲，「每次聯絡不是借人就是借糧，現在那些熟人一看到我就頭痛。這次去借了一車的資源回來，估計已經被他們集體單方面絕交了。」

大家聽得哈哈大笑。笑著笑著，想到基地簡陋的條件，眼淚又差點掉了出來。

溫司令很好地控制住自己的愧疚，不去看孫子的雙腿，「我們的基地挨著邊境，原始森林面積大，從裡面跑出很多變異獸，黃沙下掩埋的資源卻很少，條件的確艱苦，為難大家了。」

應准漠然地接過話，「這只是個開始，接下來還要應對兩個半月後的第二次天災，需要做大量的準備。按照文舞的預知，到時不光變異獸會進化出異能，變異植物也會開始四處亂跑，條件只會變得更艱苦。」

眾人：「……」

謝謝，忽然想要珍惜當下。

衛竹子探頭探腦，「周圍其他的基地和避難所的條件都比這邊好了不少，我們為什麼不考慮直接投奔他們？」

他們哥兒們「挨家挨戶」打劫，從不厚此薄彼，將各處的家底摸得清清楚楚。

溫司令搖頭，「相鄰的基地和這裡離得並不算太近，沒車、僅靠步行，大規模遷移會有風險，況且別處也負擔不起這麼多人的糧食需求，一動不如一靜。」

陳留把胸脯拍得砰砰作響，「放心，關於資源這方面有我在。如果實在不行，我就幹回老本行，缺什麼就幫大家搶回來，憑我的速度，開車都追不上。」

應准蹙眉，「搶劫、偷竊、欺凌弱小，一律按星際軍法處置，同樣的話不要讓我說第二次。」

陳留面色訕訕，覺得自己好心沒好報。

他暗暗地看向文舞，那意思是她才是他們的老大，要罰也是她說了算。

文舞一本正經地聲明，「應隊長生起氣來甚至能手撕變異犛牛，我的小命都是他救回來的，處罰的事當然全聽他的。」

陳留頓時怕了，再看應准就猶如看一頭人形變異獸，輕輕打了一下自己嘴巴，一陣旋風似地溜出門。寇梵和衛竹子見狀，連忙信誓旦旦地向天發誓，「我們兄弟三個互相監督，絕不再犯錯，請司令和各位隊長放心！」

說完，對上應准時也忍不住發抖，兩人喊著要掃地，就跑了出去。

等外面的腳步聲走遠了，溫思睿笑得一臉揶揄，「阿准，你到底幹了什麼，竟然能給小舞留下這麼凶殘的印象？」

應准冷冷地看他一眼，正打算聊一下他對戰沙蠍的經驗，許諾忽然在門外喊：「報告！」

溫司令：「進來。」

許諾顯然是一路跑來的，她臉蛋發紅，氣息不勻，但這絲毫不影響她標準的立正敬禮。「報告司令、應隊長，俞隊長讓人送回消息，境外的武裝勢力偶然救了二十個小學生，是我們的同胞，末世前出外去旅行的，問我們要不要人。」

溫思睿訕笑道，「這像什麼話，我們的同胞，怎麼可能不要？」

溫司令隨後開口，最先問的卻是另一件事，「傳訊回來的人是誰，怎麼沒自己過來報告？」

許諾不好意思地乾笑兩聲，「就知道瞞不過您，是小豆。他快到基地時被一隻變異禿鷲抓了一把，怕您擔心，就是不讓我說出口。哦，這回還多虧我們新來的崗哨發現得及時，我們就趕緊出去把人救回來了。」

「傷得重不重？」

「勉強還好，手臂被戳了個洞，流了不少血，現在人有點虛弱，我讓人送他去包紮了。」

基地沒糧食，更沒有藥品和輸血袋，溫司令已經記不清自己這是第幾回嘆氣，搖搖頭不再追問。

應准重新提起小學生的話題，「對方是不是提了什麼過分的要求？」

許諾重重點頭，跟著撇了下嘴，「他們要求每個孩子換一袋一百斤的大米，如果沒有足夠的米，那就換麵粉、肉乾，什麼都行，反正必須是同等重量的食物。」

文舞氣得直跺腳，「這群強盜，他們怎麼不去搶？」

她剛滿十歲就學會自己掌廚了，對柴米油鹽醬醋茶一事可說是精打細算。這麼一袋大米，一個成年人省著吃，夠吃一年，這還是吃米飯的情況下。如果像一六八基地這樣，除了老人、小孩和傷病的人，大家早晚只喝一碗稀粥，那時間還會大大延長。

「他們已經在搶了，目標恰好是我們。」應准的聲音依舊是四平八穩，但文舞直覺他生氣了。應准隨即看向溫思睿，「我們的糧食還能撐多久？」

溫思睿手指在輪椅扶手上來回敲了幾下，「算上這次借回來的，最多能撐到月底。」

「有沒有可能先拿出一部分救人，缺口晚點再想辦法堵上？」

溫思睿苦笑，「你這是明知故問。我剛才的話可不是說笑，周圍幾個基地態度明確，這是最後一次借糧，他們也有自己的難處。」

應准點點頭，沒再說什麼。

許諾是個急性子，見大家又要救人，又沒糧食，焦慮得抓耳撓腮。

她看看這個，再看看那個，視線最後落在看著正前方發呆的文舞身上。

盯——

她的文舞小可愛又在發功了，該不會已經找到解決辦法了吧！

03

第三筆

彼時，文舞默默地看完了『第六章、好人有好報』餘下的篇幅。

其中有一句描述，讓她覺得機會來了。

『蔣之田帶新成員返回的當晚，避難所按照慣例辦了場迎新宴會，不料夜晚的篝火過於眩目，招來了一群專門吸血的變異蚊子。一場激戰後，不少人傷亡，同時留下一地的鮮血和蚊子屍體。』

文舞急忙將這事轉告給大家，而後開心地提議，「我們派人去通知他們，這樣既幫他們避免了傷亡，也可以跟他們借點糧食周轉救人，怎麼樣？」

許諾雙手豎起大拇指，「不能更完美，救命之恩當以米相報。」

溫司令和藹一笑，「不管別人借不借糧食，我們既然知道了，怎樣也要派人提前知會他們一聲，這事就交給許諾吧。」

許諾一禮，「收到，一定不負所托！」

她一秒也不耽誤，即刻動身趕往避難所。

轉眼到了飯點，文舞幾人各自一碗稀粥下肚，混個半飽。

見溫司令手裡的半碗米湯清澈見底，還笑著說水資源稀缺，他能分到這麼一大碗是占了基地負責人的便宜，文舞心酸得要命。正琢磨怎樣才能緩解基地的糧食問題時，許諾氣呼呼地跑回來了，大喊一聲「報告」，嗓音震天、能嚇死人。

文舞心裡一震，預感不妙。接著就聽許諾劈里啪啦地告狀，「那個蔣之田太自負了，他根本不信我說的話，連門都不讓我進。我沒辦法，硬著頭皮懇求借十袋大米周轉，結果門衛這回不僅拒絕傳話，還罵我們窮酸，說借我們糧食就是肉包子打狗，有去無回。」

一屋子人的臉色都很難看。

文舞下意識地攥緊拳頭，淺綠色的文章頁面隨著她的心意悄然浮現。她瞪大雙眼湊上去，恨不得逐字逐句地檢視，看看哪裡適合做文章。但是現在她一個貢獻點都沒有，難上加難。

溫思睿低頭輕拍失去知覺的雙腿兩下，自嘲一笑，「有時候，我覺得自己活得真委屈，如果蔣之田跟他那個女隊友當時沒有想要搶資源，我就不用裝變態嚇唬他們了。」

大家不知道他要說什麼，不約而同地安靜下來。片刻後，溫思睿才咬著牙道：「即便如此，避難所也有很多無辜的人，他們不信，我們卻知道小舞說的是真的，所以——」

應准拍拍他的肩膀，「所以我會親自帶人去一趟，你別太為難自己，不爽得要死還要勸別人大度，表情都扭曲了。」

溫思扯了下嘴角，「隨便你。」

文舞的目光恰好鎖定一句話，猛然一拍手，「應隊長帶上我，我跟你們一起去！我有一個超級無敵好的主意，保證一箭一群雕！」

她招手叫大家湊過來，小聲一陣嘀咕，所有人的眼睛都驟然一亮。

天剛黑，應准就帶隊出發，提前埋伏在原始森林和避難所的必經之路上。

因為沒有藏身之處，又要確保不驚動聽覺敏銳的變異蚊子，大家挖坑將自己埋入沙土裡，只仰頭留個鼻孔出氣，一動也不敢動。

應准本來還擔心文舞吃不了這個苦，沒想到她一聲不吭，一堅持就是一個多小時。

文舞：比殺力沒在怕的，差點睡著.jpg。

月上中天，不遠處的避難所傳出陣陣笑鬧聲，籬笆圍牆內燃起了篝火，橘紅的火光一瞬間照亮夜空。

沒過多久，果然有一群黑壓壓的飛行變異獸快速朝這邊移動。靠近一看，密密麻麻的全是蚊子，每隻都有烏鴉那麼大，又長又尖的刺吸式口器像抽血的針管，看得人頭皮發麻。

「砰」的一聲槍響，應准最先出手，精准地擊落領頭的變異蚊子首領。

埋伏在黃沙底下的救援隊隊員紛紛開槍，成功掃射了一波，而後快速破土而出，三人一組，和頭頂上被激怒的變異蚊子交戰。

同一時間，徐欣怡躲在避難所門內，忐忑不安地等待著。

她起初也打算提醒蔣之田早做準備，然而親眼目睹他對基地來人的態度後，為了避免暴露自己的祕密，臨時打消了那個念頭。

此後，她始終盯著外頭的動靜，直至聽到剛剛那聲槍響，她知道，該來的終於來了。

她第一時間衝出大門，原本想要救下注定死於今晚的守衛，不料對方不僅毫髮未損，還健步如飛地朝避難所裡跑，差點跟她撞在一起。

徐欣怡：「？」

她反應過來，不對，趕緊往外一看——

怎麼是基地的人和變異蚊子打起來了？太奇怪了，事件的走向大致沒變，卻有很多細節都對不上，是因為她重生帶來的蝴蝶效應嗎？

徐欣怡考慮再三，決定繼續觀望。距離撿到隨身空間還有一段時間，她有的是機會不著痕跡地收買人心，一定要沉住氣，穩扎穩打地經營出屬於自己的勢力。上輩子她習慣依賴別人，明明有隨身空間卻活得那麼窩囊，任人予取予求，最後在殭屍潮中成為棄子。

這輩子，她誰也不靠，只靠自己的本事，她一樣能稱霸一方。

恰在此時，聽完守衛彙報的蔣之田斟酌完畢，低聲下令，「所有人，立刻熄滅篝火，保持安靜，先看看情況再說。」

避難所內忽然沒了火光，嘈雜聲也隨之消失，甩鍋的意圖不能說非常明顯，只能說是路人皆知。正和變異蚊子交戰的某救援隊成員，朝那邊狠狠啐了口血，「呸，垃圾。」

這人罵完不忘了順道引怪，熟練地將一隻變異蚊子帶到應准和許諾的身前。

應准一手握住蚊子的口器，另一手掄起來一頓猛捶，拳拳到肉，捶得變異蚊子直翻白眼。

許諾立刻跟上，雙手扯住變異蚊子結實的翅膀，一腳踩住口器，確保牠無法進行攻擊。

接下來就是文舞出場了。

她握著基地專門配給她的鋒利匕首，對著變異蚊子一陣猛扎。

噁心當然還是很噁心，但時不我待，她必須盡快湊足貢獻點，才能在第二波變異蚊子殺到之前扭轉局面。「啊，血為什麼不是粉色的，我恨蚊子，去死去死！」

文舞痛苦地嗷嗷叫，被扎成蜂窩的變異蚊子也抽搐著嗡嗚不止，大家一時之間竟分不出，她和蚊子到底是誰更慘一些。

終於，在隊友們的全力協助下，文舞咬牙連續殺夠了十隻。

「恭喜宿主成功擊殺十隻變異蚊子，獎勵末世貢獻十點。」

系統堪比仙樂的聲音響起，她如蒙大赦，果斷停手，鑽到另外幾個隊友圍成的防禦圈裡，神祕地憑空比劃起來。

『一場激戰後，不少人傷亡，同時留下一地的鮮血和蚊子屍體。』

「鮮血」和「蚊子屍體」被覆蓋，變成「食物」和「純淨水源」。

她朝混在救援隊裡、全程以守待攻的寇梵和衛竹子點頭示意，兩人立刻改變戰略，全力進攻，頃刻間就將剩餘的幾十隻變異蚊子擊斃。

下一秒，神奇的一幕出現了。

一場激戰後，只有少數人受了點輕傷，同時留下了遍地一百斤一袋的大米、五十斤一包的麵粉、真空包裝的肉鬆麵包，一捆一捆的火腿腸，十公升一桶的淨水……

這群流血不流淚的英雄們，為了一斗米激動得熱淚盈眶。

「火腿腸啊，沒想到我有生之年還能見到如此人間美味！」

「肉鬆麵包，永遠的神！」

「……」

避難所內，蔣之田看得眼熱不已。

難怪救援基地的人這麼熱心，原來是提前收到消息，擊殺變異蚊子、想要撿拾掉落的食物和水！

說時遲那時快，在文舞成功將「吸血蚊子」的「吸」改成「輸」後，第二波變異蚊子循著同類的血腥味殺到現場。蔣之田見狀，立時打消跟救援隊撕破臉搶資源的念頭，二話不說帶著手下們衝出大門，加入了絞殺變異蚊子的戰鬥中。

新來這群的數量明顯是之前的一倍不止，不知道會掉落多少資源？

一時間，救援隊和避難所雙方的人馬暗暗開始搶怪。

蔣之田敏銳地發現，應准等人不擊殺改為活捉，暗罵一聲陰險，不就是帶回去再殺，好防止掉落的資源被他們搶走嗎？誰不會！

他隨即下了同樣的命令，兩邊的人搶蚊子搶得越來越激烈。

兩小時後，直到最後一隻可憐的變異蚊子，因為爭搶而被順著翅膀扯成兩半，這場戰鬥才終於結束。

許諾看著手裡的半隻蚊子屍體，一把抹掉噴濺在臉上的血，氣憤地指責跟他搶怪的守衛，「明明是我打暈的，你還要不要臉！」

守衛嗤笑，「窮得跑到別人家門口來搶東西，到底是誰不要臉？」

許諾怒了，直接將矛頭對準在旁邊視若無睹、四捨五入等於縱奴行凶的蔣之田。「我們先開始打怪時，你們躲著不出來，見到有好東西才想起這是你們家門口，說白了，就是無恥、小人！」

蔣之田看著己方靠人數搶到的上百隻變異蚊子，心情頗為不錯。他的目光越過許諾，精准地定位到在這場戰鬥中表現出色的寇梵和衛竹子，眼底劃過一抹勢在必得。

「罵我無恥可以，罵我小人不行。實不相瞞，我自幼秉承家訓，志存高遠，早晚要在這末世打下一片天。不信你們看，這就是最好的證明！」

蔣之田慷慨陳詞，接著一把扯下外套，撩起背心，露出結實的肌肉。

在場的幾乎所有人都忍不住心生好奇，想看看他到底藏了什麼不得了的志向，唯獨徐欣怡和文舞反應平平。

文舞是躲在應准背後，憑空修改著什麼。徐欣怡則是上輩子已經不知看了多少遍。

蔣之田背上刺字：**精忠報國**。

他的異能是控火，之後每次天災降臨都會進化一次，實力不容小覷。

尤其在末世中後期，他靠著這個噱頭，博得一個悍勇仁義的好名聲，一路收服不少一腔熱忱、想要保家衛國的異能者，心甘情願地為他效勞。

現在來這套，估計是以為自己辯解做為幌子，真正的目的是想要糊弄對面那兩個異能者。有了他們，避難所的實力將會大幅飛躍。

事實上，蔣之田還真是這麼想的。他一臉驕傲地轉過身，將赤裸的後背展示給眾人，大家就見上面紋了四個鮮紅的大字——

精、神、病、人。

眾人：「……」

就這個？

蔣之田不知道刺青有變，裸著後背擺了幾個姿勢，驕傲道：「不用懷疑，不管是末世來臨前，還是現在，我的志向從沒變過，這就是我畢生的追求！」

氣氛沉默得有些詭異。

雖然病人是無辜的，但此情此景過於滑稽，終於有人忍不住，噗嗤笑出聲。

蔣之田發現手下衝著他擠眉弄眼，似乎是有哪裡不對勁的樣子，他才狐疑地放下衣服，心想：難道是我用力過度，演得有點假？

他決定以後找塊鏡子，對著它多練習幾次表情和動作的配合。

而後，他不死心地向救援隊裡的兩個異能者發出邀請。

「避難所按勞分配、能者多得，憑你們倆的身手，別說吃香喝辣，就是建功立業也指日可待。我尊重每一個有能力的隊友，來和我一起打天下，重建這崩壞的世界秩序吧。」

男主角光環的加成，讓他即使把場面搞砸了，依舊可以把話說得真誠、有感染力。

建功立業打天下，試問有幾個異能者禁得住誘惑？

剛剛加入救援基地的寇梵和衛竹子就忍住了，不僅完全不感興趣，還有些嫌棄的樣子。

寇梵衝著蔣之田敷衍地笑了笑，「你的畢生追求有點難度，我們兄弟倆就不摻和了，祝你早日實現遠大的理想。」

蔣之田被婉拒也沒生氣，矜持地點頭道謝，「避難所的大門，永遠為你們敞開，隨時歡迎你們來加入。」

——放長線，才能釣大魚。

兩邊隊伍轟轟烈烈地搶了一場怪，分開時反倒十分和諧。

應准讓人將糧食和水堆在卡車上，綁好活捉的二十隻變異蚊子，快速撤離。

蔣之田等人也扛著他們的收穫，喜氣洋洋地回到避難所，在院子裡每人擊殺一隻，看誰手氣好、掉落的資源多。

「掉落最多資源的，額外獎勵七天份的食物，第二名、第三名依次獎勵五天份和三天份，大家加油！」

他一聲令下，成員們歡呼聲四起。手起刀落間，上百隻變異蚊子身首分離。

「唉，什麼都沒有，我最近運氣真爛。」

「哈哈哈，我肯定能爆出一袋大米——怎麼可能？」

「除了一臉血以外什麼都沒有啊。我就說好端端的，殺怪怎麼可能會掉資源，看錯了吧。」

越來越多的聲音湧入蔣之田耳中，他仍舊不肯相信被騙了，畢竟沒人騙他，是他自己親眼所見，這才帶人衝出去搶怪的。

「都停手，剩下的全都讓我來，可能是要異能者擊殺才算數。」

這是蔣之田唯一能猜到的答案了。回想之前的戰鬥，的確也是那兩個異能者出手，變異蚊子死亡後才留下一地的資源。

他親手殺了一隻，什麼都沒有。又一隻，還是殺了個寂寞。

直到不信邪地將幾十隻變異蚊子全部擊殺，望著一地的鮮血和蚊子屍體，蔣之田終於無力地癱坐在地。

「問題到底出在哪個環節上？」他喃喃自語，認真梳理起整場戰鬥的細節。

忽然，一個穿著格子襯衫和牛仔褲、滿臉是血的身影浮現在腦海中，雖然當時忙著搶怪，沒仔細留意那張臉，但——

異能者的直覺告訴他，問題應該就出現在那個女生身上。

徐欣怡一直在糾結要不要提醒蔣之田，他背後的刺青出了問題。這輩子的末世才剛開始半個月，他大概是頭一次將刺青展示給身邊的人看，導致除了她這個重生的Bug，竟然沒人意識到那四個字不對勁。

他明顯是被人惡整了，而不是他這個人腦子有問題。

上輩子的這個時期，她活在惡毒青梅的陰影下，根本沒辦法接近蔣之田，雖然他後期混得很好，但原來一開始也是這麼狼狽的嗎？

然而因為蝴蝶效應已經被引發，徐欣怡生怕改變太多，會導致她無法撿到隨身空間。

再三斟酌後，她決定保持沉默。

總歸不過是個小誤會罷了，他未來無法匹敵的實力，一樣能讓其他異能者心甘情願地追隨他。

文舞一行人回到救援基地，徑直地把變異蚊子送到治療室。

小豆因為失血過多，時睡時醒，負責照顧他的人名叫趙愛琴，末世前是當地大醫院的護士長，文舞剛被救回來時也是她負責看護的。此刻，她正憂心忡忡地往病人嘴裡餵米湯，餵一勺漏掉大半勺，但沒辦法，這已經是基地能提供的最好待遇了。

文舞看到熟人，甜甜地喊了聲，「趙姐，您休息一會兒，讓我來吧。」

趙愛琴五十歲的人，孩子都比剛滿二十的文舞大三歲，被她這聲姐叫得又是開心、又是無奈。都說了叫阿姨就好，她偏不聽。

唉，這個活潑可愛的樣子跟她女兒一樣，可惜那場沙塵暴來得太突然，女兒還在外地念書，也不知道現在情況如何。

不小心走了神，趙愛琴定睛一看，發現文舞居然抱著一隻大到誇張的蚊子，將刺吸式口器對準了昏迷的小豆，在他手臂上來回瞄準。

「小舞啊，妳這是？」

文舞不好意思地回頭一笑，「趙姐，我太高估自己了，還是讓您來吧。這是我們剛抓到的輸血蚊子，應該可以幫到小豆。我本來覺得滿好玩的，想自己試試，結果找半天都找不到血管。」

剛好醒來的小豆：「……」

「試試……就……逝世嗎？」

文舞驚恐地看向床上的人，只見對方吃力地掀起眼皮，斜著眼看過來，「好玩？」

文舞立刻把腦袋搖得跟波浪鼓似的，一把將輸血蚊子塞到趙愛琴懷裡，火速開溜。

「嗯，要不要更改未來，讓他失個憶、傷好後記不住這段呢？」

文舞扒在門口，故意壞心眼地說了句，冷不防地對上應准不贊同的目光，心虛地嘿嘿一笑，這次真的開溜了。再不走難道等著星際軍法伺候嗎？

治療室內，跟著來看輸血蚊子使用效果的溫思睿，笑得肩膀直抖，「哈哈哈，這個活寶，太好笑了哈哈哈……」

一六八救援基地最近好消息連連。

先是一次來了四個異能者，聽起來就讓人覺得踏實，接著救援隊又帶回來一批糧食和淨水，足夠讓大家勒緊褲腰帶，再撐半個月。

會輸血的變異蚊子就更新鮮了。大家以前只覺得變異獸可怕又可恨，沒想到牠們還能救死扶傷。眼見小豆蒼白的臉色迅速紅潤了起來，基地的民眾們不再猶豫，爭相報名當飼養員，專門照看這些寶貝得不得了的小傢伙。

變異蚊子：喝的是水，吐的是血，出來混果然是要還的。

湊夠了「贖人」所需的二十袋大米，應准親自帶隊，駕駛著卡車趕往邊境地帶。

按照小豆給出的方位，一行十個人抄近路，算上途中殺怪清路的時間，不到半天就到達了俞隊長他們臨時搭建的駐地。

說是駐地，也不過是三間小茅草屋，外面意思意思地圍了一圈籬笆。

特意跟隊出來攢貢獻點的文舞頭一次跑這麼遠，雖然一路被顛得骨頭架快要散掉，卻抵不過旺盛的好奇心，一到地方就跳下車，饒有興致地東張西望。

忽然，她看到一個頭上梳著兩個小辮子的小妹妹正站在茅草屋門口，吃力地一下一下往上蹦起，想要搆到被風刮走、勾在屋簷上的手絹。

她差一點就能成功的每一次，手絹都會被風吹得往另外一邊歪。

看著小女孩這麼努力，偏又搆不到的懊惱模樣，文舞徹底被萌到了，腦子一抽，當場「吟詩」一首——「小白兔，白又白，兩隻耳朵豎起來，愛吃蘿蔔和青菜，蹦蹦跳跳真可愛。」

「小妹妹別急，姐姐幫妳拿呀。」

隨後下車的應准：「……」

糟糕，忙著趕路忘了提前告訴文舞，俞隊長這輩子最恨的事，就是別人拿她的身高取笑她，沒有之一。

說話間，文舞已經輕鬆取下手絹，遞給就算站直了，大約也只到她腰間的小女孩。

以她近一百七十公分的身高來看，屋簷少說有兩公尺，而小女孩最多只有一百二十公分高。等等，她這兩條小腿是怎麼長的，蹦得可真是高啊！

文舞越看小女孩頭頂上的兩個小啾啾越覺得可愛，尤其羨慕她濃密的髮量，忍不住伸出了魔爪。

這下應准徹底不淡定了，「咳咳，文舞，給妳介紹一下，這位就是我們救援隊的副隊長——俞心照。小豆本名叫俞不宣，是她的親弟弟。」

文舞：「?!」

看著自己已然抓住小女孩頭上小啾啾的手，她臉上的笑容一瞬凝固。

小豆看起來和她是同齡人，小豆的姊姊……呃……

姊弟倆離得這麼遠都能被她打包得罪了，這不是緣分是什麼！

她默默地收回那隻膽大包天的魔爪，衝著仰頭看著她、似笑非笑的俞隊長討好地眨了眨眼，「孩子錯了，求您放過。」

應准懸著的心頓時一鬆，跪得快真是個明智的選擇。

俞心照也沒想到基地裡新來的異能者這麼能屈能伸，不由得挑眉，「文舞，預知異能者，可以預知並改變未來？」

文舞小心翼翼地解釋一句，「得打怪做貢獻，而且也不是隨便改，有些限制。」

俞心照點頭，忽然又問：「我未來能長高嗎？」

文舞：「……稍等，我看一下。」

只要妳不修理我，一切都好商量！

為了彌補自己冒冒失失的失禮，她心念一動，召喚出文章頁面，快速將『第七章、仗義相助』的內容仔細瀏覽一遍。

救援基地不久後雖然會被當成炮灰，但初期做為和男女主角的避難所搶資源的一股勢力，時不時也會刷一下存在感。

她認真地找「俞心照」的名字，沒有。

偷偷地改為找「小妹妹」「小可愛」之類的描述，還是沒有。

文舞靈機一動，在心裡偷偷問系統，「妮妮，如果我找一句不重要的話覆蓋掉，修改成俞心照一夜之間忽然長高，這樣可行嗎？」

系統：「……宿主，好好活著不好嗎？」

文舞發誓，她從它冷淡的機械音裡聽出了一股老媽子的擔憂。

系統不放心，耳提面命道：「妳不要因為最近的修改順利就掉以輕心。這些內容是作者早就更新完畢的，沒有特殊情況她當然不會回來檢查，但已經有新來的讀者發現不對勁，留言提問了。妳只是看不到評論區，自己覺得天下太平而已。」

文舞嚇了一跳，連忙問：「有人留言，那作者回覆了嗎？她會不會已經注意到我了？」

「暫時不會，每天留言的人都很多，也有人看到基地覆滅不滿意，在妳的評論下面洗版。她上次被妳氣到，最近都不想看評論。」

「還好還好，沒想到我在她評論區狂魔亂舞，竟然無意中救了我自己。」

「宿主妳醒醒，妳是因為寫作指導才害自己穿進來的。」

「……」不要在意那些細節。

文舞繼續往下看。

這章故事提到，『徐欣怡和蔣之田尋找資源，偶然來此，發現救援隊中了埋伏，傷亡慘重，正拚死和境外的武裝勢力激烈交火。哪怕兩邊平時也為了資源起了不少摩擦，面對外敵時，他們卻毫不猶豫地出手相助。』

她剛好對這段內容印象深刻，一瞬間被勾起回憶。

這是黑心蓮和龍傲天的巔峰時刻，當時兩個人的表現可圈可點，堪稱愛國的典範。也是因為這個內容，她對女主的期待無限飆高，代入感強烈，以致於後面女主因為猶豫來不及救人時，她才會黑化得那麼徹底。

不過，眼下的重點不是這個，而是境外勢力的惡行惡狀！

她的目光死死盯住「埋伏」兩個字，氣呼呼地將這事轉告給應准和俞心照。

好在來的路上她未雨綢繆，拚命地積攢貢獻點，如今手頭上有十三貢獻點隨時備用。

「不然改成沒中埋伏？」文舞提議。

當下的規則是一章只能改一句，而中埋伏這句又必須改掉，除了「沒中」以外，好像也沒有其他更好的選擇。

俞心照了解她異能的用法後，沉思片刻，替她出了個好主意，「把『埋伏』改成『大獎』吧。運氣好的話，或許會有意外之喜。」

得知他們最初會將駐地設置在此處，是因為聽說附近有個彈藥庫被埋在黃沙下，可惜遲遲沒線索。文舞心領神會，激動地修改完畢。

見她憑空比劃完了，俞心照幽幽道：「所以，我以後到底會不會長高？」

文舞：「……」

放過我吧，我只是個被作者針對、穿入末世的可憐讀者而已。

04

第四筆

小說的背景設定當中，α星在末世來臨前，整個星球只有一個統一的大國，就是她現在所在的「四季」國度。

末世之前，四季繁花遍地，美如天上人間。而四季的國土以外，還有廣袤的無主地域，其上分布著無數個大大小小的武裝勢力。這些武裝勢力經常為了搶地盤而擦槍走火，最終不是幾個大家族聯合起來占地為王，就是某幾支傭兵團合作稱霸一方。

文舞努力從文中拼湊起這些線索，對己方所處的形勢有了大致的了解。

一六八救援基地的鄰居，正是一個由三姓星際貴族聯手建立的地盤。

按照事先的約定，救援隊在當天傍晚帶著二十袋大米來到界碑前，一手交糧，一手交人。對方前來交涉的負責人叫諾爾，是個把油頭打理得油亮亮的年輕男人，這人一看見應准就熱情地打招呼，甚至衝上來試圖擁抱他。

應准不客氣地掏槍，抵在對方腦門上，冷冷道：「如果我沒記錯，你在末世後覺醒了異能，全身都有毒。」

諾爾訕笑，「我以為我們是老朋友了，沒想到應隊長會嫌棄我，真是讓人傷心。」

應准扣動扳機，「別廢話，退後，交人。」

諾爾無趣地聳了聳肩，「人當然要交，不過為了從變異獸手中救這些孩子，我們有不少人都受了傷，至今還沒痊癒。所以我們臨時決定，再追加一些藥品。」

俞心照一腳朝諾爾踹過去，「我就知道，你又給老娘耍無賴！」

諾爾早前領教過俞心照的厲害，絲毫不敢因為對方個子矮而輕視她的攻擊力，險險地後退躲開。雙方的人幾乎在同時舉槍指向敵方。

諾爾紳士地笑道：「俞隊長的脾氣還是這麼火爆，我不過是試探一下，要不到就算了。這些孩子又能吃又吵鬧，說實話，我巴不得趕緊把人還給你們。」

他一招手，立刻有人將二十個面孔稚嫩的小男孩、小女孩帶上前。

救援隊的人扛著糧食迎上去，不料快要走到時，鬆軟的沙地忽然塌陷，包括文舞在內，所有人一起掉進深不見底的沙洞裡。

地面上，諾爾張狂大笑，「哈哈哈，應准，我從很久以前開始就看你不爽了，去死吧！」

他輕輕擊掌，一眾手下立刻舉起手槍，對準了沙洞內。

然而下一秒，這些人臉色一白，齊齊後退，將諾爾一個人丟在了原地。

沙洞中，救援隊的成員不僅沒有摔傷，反而人手一架火力強勁的機關槍，擁有壓倒性的戰鬥力。更誇張的是，應准肩上扛著一個駭人的大傢伙，彷彿憑空冒出來的一樣，眼下已經用遠紅外線鎖定了諾爾。

故意代替東子驅車路過此地的徐欣怡滿臉困惑，忍不住道：「怎麼回事，怎麼又不對？」

車上的蔣之田沒注意到她的反常，一雙眼睛完全黏在了應准的肩膀上——「靠，可攜式肩射防空導彈？真是他媽的太厲害了！」

因為文舞的介入，原文中的傷亡慘重並未出現。
一場激戰還沒開始，就在諾爾一方集體跪下求饒的情況下宣告結束。
應准扛著防空導彈，踩著隊友們按照身高、依次彎腰為他搭出的人梯，穩步走出沙洞。
第一步，是只能當第一臺階的俞心照。
第二步，應准餘光瞥了眼瘦不啦嘰的文舞，抬腳越過去，直接踩到第三階。
文舞：「……我懷疑他瞧不起我。」
旁邊的俞心照嘖嘖兩聲，「有自信點，把懷疑去掉，他就是瞧不起妳。」
文舞嘟起嘴，暗下決心：一定要盡快提升打怪本領，下次再遇到外敵，不止不拖大家的後腿，還要發光發熱Carry全場！
上方，應准已經站在沙洞外，導彈的遠紅外線引導光點落在諾爾的眉心。
他面無表情道：「按照星際軍法規定，主動發起戰爭並落敗者，須割地十分之一做為賠償。給你們三小時時間，後撤百里。」
諾爾不死心地討價還價，「五十里行不行，你的人明明毫髮未損。」
應准冷漠地看向他，「加五十里。後撤一百五十里地，一小時之內完成撤離。」
諾爾瞪眼，「你這跟強盜有什麼差別？」

隨後踩著大家後背爬出來的文舞探頭嗆回去，「當然有，我們跟你們這群強盜的差別就是——先撩者賤啊。」

應准伸手將文舞長頸鹿一般的腦袋輕輕拽了回來。他不屑跟諾爾廢話，移動防空導彈的瞄準方向，赫然將三姓星際貴族的老窩當作了新的發射目標。

諾爾臉色一變，當即雙手舉高，「行行行，Ok、Ok，一百五十里，多的五十算我跟你賠罪，這種玩笑可不能亂開，會走火的。」

俞心照在文舞之後爬上來，聞言立刻上前起草《讓渡土地使用權公約》，雙方簽字蓋章。開疆擴土這麼大的事，末世之前肯定不能這麼草率，但末世後活著都難，當然一切從簡。

看著辛苦謀劃的一切不僅沒除掉死對頭，還偷雞不成蝕把米，諾爾心中憤恨。

忽然，他看向被俞心照領走的二十個小孩子，狀似不經意道：「星際最受歡迎的頂尖偶像瑞貝卡，過幾天要來我們的地盤挑選小演員，本來還想安排你們試一試的，真可惜。」

α星的無主地域多荒漠，原始森林較少，變異的動植物自然也不多。因為不常受到變異獸襲擊，加上這些武裝勢力本來也一直活在爭鬥中，在第一次天災降臨後，受到的影響反而最小。相應的，他們跟其他星球的聯繫也沒有被完全切斷，此消彼長。正是這點，讓這群野心勃勃的好戰分子看到了機會，自認為有了公然挑釁強鄰四季的底氣。

聽到諾爾的「自言自語」，本來乖乖跟在俞心照身後的小朋友們突然停下腳步，你看看我，我看看你，眼底滿是驚喜。

「是我最愛的瑞貝卡姐姐！沒想到她沒取消來α星的行程，我終於有機會要簽名了，嗚嗚嗚！」

「我參加旅行團本來就是為了見我的偶像，太棒啦！」

「你們真沒出息，我就不一樣了。萬一被劇組選中，我就是下一個人氣偶像，哼。」

應准蹙眉，抬手示意已經挽起袖子的俞心照稍安勿躁。

文舞心知要出事了，緊急查看後面的劇情。直到翻完『第八章、額外收穫』，終於在末尾部分發現這麼一句——

『諾爾的陰謀得逞了。孩子們尚且不明白世道的艱辛，不顧救援隊的勸說，執拗道：「夠了，**我們都是嗑學家[1]，我們要見瑞貝卡，才不要現在回國！**」』

這麼一來，豈不是被對手重新掌控住人質，依然被動？接下來諾爾甚至會緊接著提議，讓應准雙倍返還土地使用權。

她繼續往後看了幾行，發現徐欣怡和蔣之田很快就會出現，蔣之田巧妙地用控火術轉移這群孩子的注意力，從而幫救援隊解決了難題。做為答謝，兩人輕鬆得到了十袋大米。

至於標題提到的額外收穫，是因為經過這次短暫的接觸，蔣之田給孩子們留下了「烈焰超人」的英雄形象，為兩人將來收服他們父母中的異能者們打下了良好的基礎。

1 嗑學家：形容一個人對於偶像、或是 CP 配對非常熱衷。

文舞默默對徐欣怡說了句：對不起，大米沒了，良好的基礎也沒了。

她握住浮空的光筆，絞盡腦汁地思考片刻，終於拿準主意，將「嗑學家」的「嗑」字改掉。與此同時，應准派了個素來有孩子緣的女隊員出馬，嘗試勸說。

女隊員走上前，蹲下身，友好地朝二十個小少年小少女道：「離開這麼久，你們的父母肯定也很擔心，不如這次先跟我們回去見家人，等以後有機會再去看偶像，好嗎？」

諾爾面露一絲譏諷。

太天真了，瑞貝卡的魅力全星際都沒人能抵抗，更何況一群不諳世事的小不點？

下一秒，就聽旅行團裡的孩子王煞有介事道：「夠了，我們都是科學家——」

前半句成為既定事實，後半句內容邏輯衝突，故事自動進行修復。

年齡約十四、十五的小少年愣了愣，覺得好像有哪裡不對勁，但接下來的話卻自然而然地脫口而出，「我們沒空見瑞貝卡，只想立刻回國，為國家做出貢獻！」

諾爾：「？」

救援隊全員：「……」

為了不暴露這詭異的現象跟文舞有關，以保證她不被境外勢力盯上，大家強忍著不去看她，紛紛擺出一副「沒錯，我們早知如此，就是這麼淡定」的表情。

在諾爾一行人目瞪口呆的神色中，這群之前只知道哭鬧、發脾氣、要零食的小孩子搖身一變，一個個變得氣質卓然，像極了毅然回國奉獻自我的科研精英。

應准也被文舞這個操作搞得哭笑不得，這群孩子最大的十幾歲，最小的才七、八歲，虧她能想得出來。不過也多虧文舞出手及時，救援隊避免了繼續和諾爾等人的糾纏，得以帶著孩子們順利離開。

彼時，為了不錯過十袋大米以及未來的異能者人脈，徐欣怡好說歹說，蔣之田總算同意她開車過來幫忙同胞們。然而，他們的卡車跟完美解決了問題的救援隊擦肩而過。

徐欣怡：「……」

等應准一行人連夜趕回基地，更神奇的一幕出現了。

長途奔波的孩子們不哭不鬧，也不挑食，安安靜靜地吃了碗稀飯，而後和溫思睿一起走進研究室，開始了科學研究。

他們有人擅長武器製造、有人精通電波通信技術、還有人是基礎建設專家……

溫司令之前還在煩惱要如何安置這些孩子，眼下卻欣慰不已。

誰說小孩子就只會哭鬧、拖大人的後腿？少年強則國強，希望就在眼前啊！

另外，沒想到諾爾那群人不僅讓出一百五十里的土地使用權，還白送了二十個寶貴的科學家，也讓他倍感唏噓。

糧食有了，武器有了，異能者和科學家也不缺，整個一六八基地煥發出勃勃生機。

溫司令正式將四月一日霧霾天災的消息傳給全國各個救援基地，號召大家群策群力，爭取將下次天災帶來的危害降到最低的機會。

一石激起千層浪。少數基地負責人選擇相信，跟著他們研究起防霾策略；一部分基地負責人認為溫司令是嘩眾取寵，想趁機從國庫裡多分點資源；更多的人則保持中立，暫時觀望。

眨眼兩個月過去，文舞白天跟著應准出去救人、搜索資源，晚上被俞心照拉著鍛煉體能、學習格鬥術。靠著驚人的毅力和一股對自己的狠勁，她硬是在短時間內，從一個小弱雞變成了勉強也能在救援隊裡湊個數的吊車尾，進步堪稱神速。

唯一一點，不知該慶幸還是該遺憾。這期間變異獸彷彿進入了冬眠期，龜縮在原始森林裡不肯出來閒晃。也就是說，除了上次去邊境剩下的十個貢獻點，她一直沒有新的進帳。

「唉，這樣下去不行，會坐吃山空的。」連續在第九章、第十章的內容裡摳出一批糧食和一批蔬菜後，文舞對天長嘆。

還剩下六個貢獻點，省著點用，希望可以堅持到四月一日那天。

忽然，一片冰涼的小雪花落在她髫翹的睫毛上，一瞬間化作小水珠。

起初她還開心不已，雖然已經三月中旬，但這可是進入末世後的第一場雪。然而眼見這場雪越下越大，雪花如鵝毛般大小，三天後依然沒有要停下的意思，整個基地的氣氛都緊繃了起來。

司令室內，各部門負責人聚在一起開會。

溫思睿揉著因為寒冷而日夜疼痛的膝蓋，皺眉道：「大雪封路，國庫的救濟糧食運不出來，附近三個基地知道我們前段時間運氣好，打到了不少糧食，全都派人來催我們還糧。」

俞心照把室內唯一一個小火盆往他腿邊推了推，「諾爾的事後，我一直派人盯著那邊，瑞貝卡平均每週都要去辦一次簽售會，明顯不對勁。我高度懷疑，那些境外武裝勢力是得到了β星的暗中支持，想趁機作亂。」

應準則翻開軍用腰包裡的小本本，指著幾條記錄，「一個月前開始，附近的避難所陸續有人失蹤。起初人數少，沒引起注意，以為是找資源時意外遇難。直到昨天蔣之田身邊一個叫徐欣怡的女孩察覺到不對勁，大家才發現問題。」

文舞剛好在瀏覽『**第十一章、飛速成長**』的內容，說的是黑心蓮為了增強實力，一邊練習槍法，一邊收買人心的部分。

冷不防聽應准提起她，這才想起來一件大事。

快到三月底了，第二次天災降臨之前，徐欣怡會撿到她的隨身空間，當時她應該是被反派異能者擄走，逃出來時才偶遇這個天大機緣。

看樣子，這個劇情已經正式啟動。

文舞沒來由的一陣緊張，連忙點擊下一章——

浮空頁面沒有動靜，當機了？她繼續嘗試，點、點、點——

第N次失敗後，文舞心中呼喚系統，「妮妮，發生什麼事了，後面不能看了嗎？」

系統過了一會兒才回答，**「檢查完畢。是因為被舉報，後續章節被封鎖了。作者還在試圖申訴，至少需要一天才能放出來，在此期間妳無法查看這部分內容。」**

文舞：「……」

好吧，這情況好像還滿常見的。

要不是她這段時間一直小心翼翼的，極力避免和男女主發生利益衝突，她差點懷疑自己的身分已經暴露，作者是故意讓她在關鍵時刻著急。

看不了也沒辦法，好在她對後續的內容多少還有點印象，只能見招拆招。

忽然，門外傳來「嘩啦」一聲巨響。

緊接著就聽老劉大喊：「大家快出來，快快快，好幾個屋頂被大雪壓塌，有人受傷！」

司令室中的幾個人立刻衝出去，加入搶救傷患的行列。趙愛琴帶著變異蚊子的飼養員們及時趕到，當場輸血救人。

兩個月來的寧靜生活彷彿是個夢幻的肥皂泡，被這場大雪無情地戳破。

文舞恨透了這種無力感。尤其她現在只剩下一章的修改許可權，看來看去卻都是黑心蓮如何練就一手好槍法，避難所的人如何開始對她改觀的內容，更是讓她焦躁不已。

「我就不信了，這麼多字還找不出一處漏洞。」再看一遍，一遍不行就一百遍！

『徐欣怡有著上輩子的記憶，心知失蹤事件是β星的人在搞鬼。因為星際和平條約的存在，即使α星陷入末世，他們依舊不能以武力侵略，只能鑽漏洞，去無主地域挑撥那些武裝勢力作亂，好讓四季在這場浩劫中自然消亡。』

內憂外患都集齊了，文舞看得來氣，卻不得不跳過這裡。

『下雪了，徐欣怡算好了日子，等待那個來擄走她的女人。她已經為這一天做好了萬全的準備，只等著再次撿到本就屬於她的隨身空間，而後開啟她的征程。

『徐欣怡不知道，那女人此時正趕往他們隔壁的救援基地，今晚打算借宿在那裡，順路多帶走一批「貨物」。

『很快的，救援基地門口就來了一個性感的熟女，看著基地上空漫天的雪花，她虛弱道：「請問，可以讓我在這裡借宿一晚嗎？我好像發燒了，渾身難受，求你們幫幫我。」』

文舞：「？」

她之前一定是瞎了，差點漏掉這麼要命的內容，壞人居然還敢上門！

她開口要喊應准，提醒他小心防備，一回頭，就看見一個穿著緊身黑皮衣的女人已經走到了基地門口。

靠，來不及了！

文舞握住光筆，飛速將「雪」改成了「棉」。

黑衣性感熟女站在門前，看著基地上空漫天的——棉花？

她一時驚得說不出話來，而附近的人全都衝回去找東西開始接棉花，根本沒人搭理她。

等啊等，終於，應准確認傷患已經全部找到並送醫，發現門口的人並走了過來。

熟女一秒入戲，虛弱地扶著柵欄，任由波浪鬈髮散落在白皙的頸間，「請問，可以讓我在這裡借宿一晚嗎？」

試問，誰能拒絕一個獨身美女的請求呢？

文舞看得牙酸，她一時想不到更好的主意，咬牙改掉了「燒」一字，快速地寫上另一個。

目睹了這一切的系統：「……」

下一秒，熟女繼續道：「我好像發騷了，渾身難受，求你們幫幫我。」

本來就懷疑她有問題的應准：「……」

路過的溫思睿：「……」

正在接棉花的眾人：「……」

發現自己說錯話了的熟女：「？」

這基地到底怎麼回事，怎麼他媽的這麼邪門！

熟女不信邪，連續重說了七、八次，次次都在「燒」字上發錯音。

她崩潰得不行，不管三七二十一地發動異能：誘惑。

「看著我的眼睛，告訴我，剛才到底發生了什麼事，為什麼我一直說自己發騷？」熟女的雙目泛起銀光，彷彿深海漩渦，帶著一股致命的誘惑。

應准僅僅晃了下神，立刻清醒過來。他危險地瞇了瞇眼，心中警惕，如果不是他接受過嚴格的反逼供心理訓練，意志力過人，剛剛或許馬上就會交代出文舞的預知異能。

這個女異能者顯然有問題。

熟女見他站著不動，以為他也不知道原因，嫌棄地翻了個白眼，看向朝這邊走來的文舞。

唉，可惜她這個能力只能一對一，如果能一下搞定一群人就省事了。為了讓卡卡教授早日研究出異能者升級藥水，她必須再幫他多抓點實驗體。

衝著走到眼前的文舞嫵媚一笑，熟女再次發動誘惑異能。

文舞探頭跟她大眼瞪小眼，互相瞪了一會兒，熟女沒忍住，文舞立刻指著她哈哈大笑，「妳輸了，妳先眨眼了！」

熟女愕然，「怎麼可能，盯著我看了這麼久，妳居然沒中招？」

文舞攤手，「我以前上課天天盯著黑板發呆，從小練就了『你以為我在看你，其實我透過你的臉在思考午飯要吃什麼』的超級異能，怎麼樣，厲害吧？」

熟女：「……」

不遠處傳來溫思睿的輕笑聲。

應准單手在背後打了個手勢，趁著熟女被文舞吸引住視線，悄然將對方圍住的許諾等人飛撲而上，輕鬆將人拿下，第一時間用黑布蒙住她的眼睛。

「帶下去，嚴加審問。」文舞目送熟女被押送離開，猛然想起來一件重要的事，「糟糕，玩太大了，黑心蓮還等著被她綁架呢！」

隔壁避難所，徐欣怡左等右等、躺著等坐著等，連被擄走的時候要穿哪身衣服都重新搭配了好幾套，最終也沒能等來那個四處謊稱借宿、用誘惑異能悄然將人拐走的女人。

徐欣怡：「到底怎麼回事，怎麼又双叒叕變了！」

大雪連續下了十天，全國各地陸續發生雪災，百姓饑寒交迫，傷寒肆虐。

同一時間，一六八基地的軍民們日夜不停地接了十天的棉花，手巧的婦人們更是馬不停蹄地縫製出保暖的棉衣、帽子和手套。

因為富餘的棉花太多太多，沒地方放的全都堆在院子裡，從遠處看，這裡彷彿已經被大雪掩埋了。即使看了十天，這天降棉花的景象依然讓人震撼。

溫司令等人再一次無比清晰地意識到，文舞的異能太獨特了。

毫不誇張地說，她是幫助四季全民度過末世的一大希望，一旦被境外的武裝勢力盯上，必定會引來危險。

於是，在文舞尚不知情時，應准和俞心照便接到了溫司令的最高指令，「即日起，你們倆日夜輪流守在文舞身邊，絕對要保證她的安全。」

「是。」

「司令放心，我還挺喜歡小舞的，每次問她我什麼時候會長高的時候，她的表情就會變得特別有趣。」

兩人一起走出司令室，說好應准負責白天，俞心照負責晚上。此刻還不到中午，俞心照帶隊出任務，應準則直奔躺在棉花堆裡看孩子們打棉花仗的文舞。

彼時，文舞正發揮她的頂級學渣異能——專注地盯著前方走神。

她在心裡道：「妮妮，上次徐欣怡沒被擄走，這都過了好幾天了，有人發現了嗎？」

「宿主請稍等。」系統的聲音消失片刻，重新出現。

「算妳走運。因為女主重生，想要再次綁定她的隨身空間，等了幾天都沒人來擄走她，她就自己跑到當初被關的地方借宿，主動送上門了。文章劇情自動修復後，讀者覺得這個情節很搞笑，留言也都是一片『哈哈哈』，作者沒察覺出異常。」

文舞：「……不愧是女主角，她可真拚啊，忽然有點佩服。」

「另外，友情提示，距離四月一日只剩下三天，因為一六八基地涉及作者的重要伏筆，一旦妳選擇改變這些人的命運，勢必會引發一系列的麻煩。」

文舞把頭埋進鬆軟的棉花裡，重重一嘆，「不要勸我回頭，開弓沒有回頭箭。」

「知道了，本系統會陪著妳，直到妳暴露後被作者幹掉為止。」

「……我真是謝謝你啊。」

文舞在應准的喊聲中回過神來，發現不僅他來了，連溫思睿和小豆也在。

這兩人估計已經來了一會兒，不知道為什麼吵起來了，橫眉豎目吵得還滿凶的。

她微微探頭，就聽溫思睿冷聲道：「快把卡車交出來，我們部門急用。之前答應還其他基地的糧食還沒運出去，當初別人救了我們的急，現在他們過得水深火熱，我們不能坐視不理。」

小豆直接搖頭，「要車沒有，要命一條。我的任務是把棉花送去北邊的基地，他們那邊零下好幾十度，每天都有人被凍死。」

文舞又聽了一會兒，徹底懂了。然後她就更不明白了，「這點事哪至於吵架，看我的。」

她目光一瞬飄忽，淺綠色的文章頁面浮現。**『第十二章、雪災』**。

前半章內容大致圍繞在黑心蓮如何聰明隱忍，成功地和壞人周旋，等待屬於她的逃跑良機。後面提到一個救援隊意外發現了失蹤者的線索，順藤摸瓜地掀了卡卡教授的祕密實驗室，解救出一批受困的普通人。

咦，不小心看到了熟人。

『卡卡教授沒想到，這次被抓回來的小女孩竟然是救援基地的人，被衝進來的軍人打了個

措手不及。』

文舞繼續看下去，終於雙眼一亮。

『救援隊帶著獲救的失蹤者返回基地，小女孩的親人見她受傷了，迎上去咒罵那些混蛋。小女孩笑道：「好了，對方那裡有一個異能者，能活著回來就不錯了。你還一拳打死一個，整天就知道滿嘴跑火車[2]。」』

文舞咽了口唾沫，握緊光筆，轉頭看向俞不宣，「小豆，我們玩一次大的，做好準備，你的車來了。」

俞不宣：「？」

傍晚，出任務的俞心照帶著救回的失蹤者返回基地，俞不宣見姊姊全身是血，從醫療隊裡搶過一隻輸血蚊子就衝上去。

「姊，妳受傷了？要不要輸血？這蚊子會根據使用者的不同自動矯正血型，很厲害的。」

「小傷，大部分都是別人的血。」

「哼，都說了讓妳帶著我，看我一拳打死一個，一腳踹飛一群！」

「好了，對方那裡有一個異能者，能活著回來就不錯了。你還一拳打死一個，整天就知道滿地跑火車。」

2 跑火車：形容一個人說話沒有根據，想說什麼就說什麼。

俞心照：「……」

滿地？

她看向一旁的文舞，文舞則在東張西望。

忽然，一陣大風刮過，基地門口的黃沙被吹飛，露出一輛長達七個車廂的綠皮火車。

溫司令一臉麻木地站在司令室門前，看著應准吩咐大家將棉花搬上火車，而後俞不宣淡定地走進駕駛室，熟練地開著火車在沒有鐵軌的沙地上跑遠了。

系統：**「宿主，我覺得妳玩過頭了……」**

看著基地老百姓臉上的幸福笑容，文舞十分霸道地告訴系統，「我不要你覺得，我要我覺得。你看，我做的事為身邊的人帶來了希望，那它就是對的，它沒有過頭。」

系統：**「妳開心就好。」**

緊接著，它無奈的語氣一變，連續播報了兩條獎勵消息——

「恭喜宿主成功為基地解決出行和運輸問題，獎勵末世貢獻點數一點。」

「恭喜宿主成功為基地解決衣服和禦寒問題，獎勵末世貢獻點數一點。」

這段日子還是頭一次有新的進帳，文舞驚喜之餘，努力地轉動她總分七百五十分、回回穩定發揮，拿下兩百五十分保底的小腦袋瓜。

「最初招攬異能者有獎勵，這次造出棉花和火車也有，唯獨之前掉了一地的糧食和水沒表示？我知道了，一定是我——

「當時打怪的姿勢不夠優雅，對不對？」

「……」再見吧，本系統只想去遠行。

文舞狡黠地眨眨眼，「妮妮，幹嘛不理我，我猜得不對嗎？」

「當然不對，衣食住行四項基本需求，都要是長期有效的，才算為末世做出貢獻。衣服可以一直穿，火車可以一直開，糧食和水吃吃喝喝，轉眼就沒了！」

系統沒說的招攬人才其實也是。異能者一旦加入就會一直保護基地，同樣是長期有效。

文舞恍然，原來是這樣。她再次矯正認知，定下了新的努力方向：種地，蓋房。

不過在此之前，還是要先專心幫基地度過三天後的浩劫，以及適當地關心一下，黑心蓮的隨身空間順利撿到了沒有。

即使到了夜晚，一六八基地依舊十分熱鬧。

溫思睿監督著存糧分批被卡車載走，送往曾經為他們雪中送炭的各個兄弟基地，一同打包送去的，還有足量的棉花和幾件用來打版的棉衣成品。

每個基地的百姓中都不乏上了年紀的阿婆，甚至還有專業的裁縫，相信有了原物料，大家齊心協力，一定能順利地熬過這場雪災。

看著又一車米、麵和棉花裝好，溫司令欣慰地點頭，「可惜我們上個月的蔬菜也吃得差不多了，不然還可以分一些給他們，長期不吃菜可不行啊。」

他說完，見文舞看過來，生怕這孩子多心，溫司令立刻改口，一本正經地評價，「末世又逢天災，有的吃就不錯了，不能挑挑揀揀。」

文舞本來就是吃飽了出來溜達一圈、消消食，好回屋繼續研究後面的章節內容，想辦法打隨身空間的主意，聽到溫司令的話，深以為然。省著用不代表摳門，雖然她是因為一六八基地穿進來的，但誰說其他基地的軍人就不值得敬佩呢？

她快速回想著出門前看到的一段劇情，『第十三章、綁定隨身空間』。

裡面有一句：**『徐欣怡趁著祕密實驗室被搗毀，獨自逃出來，盡量復原她上輩子的逃亡路線，終於路過了救援基地，在那個像漩渦一般的沙坑處故意跌了一跤。天旋地轉間，看著周圍滿地的黃沙——』**

就是這裡。文舞握住光筆，文章頁面一瞬浮現，隨著她的改動，基地外悄然發生巨變。

彼時，徐欣怡花了半天時間，辛苦地沿著記憶中的路線逃回來，好不容易找到當初撿到隨身空間的那個像漩渦一樣的沙坑，當即心一橫，身子一歪倒了進去。

天旋地轉間，她看著周圍滿地的黃瓜……黃瓜?!

不給徐欣怡愕然的機會，她已經被神祕的沙坑漩渦吸了進去，消失得無影無蹤。

與此同時，兢兢業業站崗的丁萬里在高臺上大喊一聲，「快看，那是什麼？基地外面到處都是黃瓜！」

文舞聽到喊聲，心中大定，微笑著轉身回屋，深藏功與名。

應准抽著嘴角示意俞心照，「晚上該妳看著她了，我帶人去收黃瓜。」

俞心照一臉麻木地點頭，決定等一下再問問文舞，她到底打算什麼時候讓自己長高。

也不需要太高，來個一百八十公分就可以了。

既然得知黑心蓮已經到達目的地，即將綁定隨身空間，文舞一回屋立刻進入狀態，沿著剛才那段話，一個字一個字地鑽漏洞。

『也不知墜落了多久，徐欣怡的雙腳終於落地。她發現自己來到一處破敗的神廟，四周的牆壁上畫著稀奇古怪的符號，看起來像是一群人在祭祀著什麼……

『偌大的高臺上，唯一一盞橘燈顯得孤零零的。燈檯上跳動著一簇淡金色的火焰，給人一種歲月沉澱之感，彷彿它一直在這裡，無聲地燃燒了千萬年……』

文舞看得越來越快，生怕自己慢一步，會錯過什麼不得了的機會。

終於，她翻到了『第十四章、器靈』，開篇就是黑心蓮伸手去碰觸火焰。

『火焰涼涼的，一點都不燙手，卻好像灼傷了她的靈魂一般，她眼前一黑，再醒來時，就進入了一個靈氣充裕的異次元空間。

『一回生二回熟，徐欣怡東張西望片刻，故作詫異道：「咦，這裡是哪兒，我怎麼會出現在這麼奇怪的地方？」

『一串銀鈴般的輕笑聲傳來，「妳好，這是天火自帶的隨身空間，我是天火的火靈，也就是這個隨身空間的器靈，我叫火舞，不知火舞的火舞。」』

文舞攥住光筆的手在微微顫抖。

她是激動的。

「妮妮，我以為火車已經夠誇張了，沒想到有一天，我文舞也能不斷地超越自我。」說著，她穩穩地下筆，將那個「火」字改成了「文」，別說，這兩個字看起來還滿像的，希望可以糊弄過關。

下一秒，文舞忽然一陣頭暈目眩，轉眼人已經身在一個陌生的藥園裡。

她現在是一團淡金色的火焰，正浮在半空中，擬人化的小嘴巴一張一合道：「妳好，這是天火自帶的隨身空間，我是天火的火靈，也就是這個隨身空間的器靈，我叫文舞，不能文的文，卻能舞的舞。」

徐欣怡：「……」

改名了嗎，你上輩子明明是叫火舞！

她這麼想也就這麼問了，只不過措辭很謹慎，「文舞嗎，我還以為是不知火舞的火舞呢，你不知道，我剛好認識一個跟你同名的人，她——」

不等她說完，淡金色的火焰緩緩落地，周圍的靈氣瘋狂朝它湧去。

只見它逐漸幻化出小巧的腳、光潔細長的腿、婀娜的腰身……最後是精緻的五官，只是這張臉和它的名字一樣，分明就是那個開局送頭的文舞！

徐欣怡徹底不淡定了，「怎麼會這樣，妳的臉……文舞？」

難道是因為自己見死不救，她的魂魄回來找她了？

文舞低頭打量了下自己光溜溜的身體，心想好在來的是黑心蓮，不是龍傲天，不然她可能要當場把男主角換掉，讓男二上位。

掃視周圍，她眼神一亮。這裡的草木日夜呼吸靈氣，個頭比外頭大得多！

她趕忙去田埂間摘了兩片桑葉，往身上前後一裹，再扯根細細的藤蔓在腰間一繫，一件森林系低胸超短裙就製作完成。

√遮羞成功。

搞定衣服，文舞這才努力發出一串銀鈴般的輕笑聲，用她十年資深讀者的深厚底蘊糊弄道：「文舞是誰？我在妳的靈魂深處看見了這個人，所以就變成她的模樣、取用她的名字。」

徐欣怡一瞬恍然，「果然是這樣嗎？」

上輩子她沒做虧心事，所以沒虧欠。這輩子她選擇在對方排擠折磨自己之前見死不救，以為自己不在乎，其實不然。每每夜深人靜，想到那個無助的身影，她還是會覺得寢食難安。

徐欣怡平靜地接受了這個改變，溫柔笑道：「對不起，雖然妳不是她，但我還是想跟妳說一聲，真的很對不起。」

文舞開心一笑，「不用說對不起，真的。」

畢竟，是我對不起妳才對啊。

文舞輕輕踮腳，身體立刻輕盈離地，轉眼就在偌大的空間裡轉了一圈。

和文章裡描述的一樣，現在的隨身空間等級太低，只有一片藥園，旁邊緊挨著一眼靈泉，剩下的土地光禿禿的，四周圍瀰漫著散不去的霧氣。

她伸手觸摸，發現霧氣已經凝為實體，彷彿結界一般。

按照設定，空間升級後可以不斷向外驅散霧氣，解鎖新的土地和使用功能，也不知道作者為黑心蓮開了多大的金手指，足以讓她稱霸一方？

可惜黑心蓮當初束手束腳，又不懂種植技術，一直沒能成功升級。

徐欣怡仰頭看文舞在空間中飄來飄去，姿態隨心所欲，對她器靈身分的最後一絲懷疑徹底消散。面對和上輩子一模一樣的空間至寶，她也在思考同一個問題：這裡什麼都好，就是升級條件過於苛刻，需要精心照料珍稀罕見的藥草，並救治一定數量的人才行。

珍稀罕見就等於是難以養育，救治多人代表將會暴露祕密。

重生前，因為擔心懷璧其罪，她一直小心翼翼地藏好這個寶貝，獨自摸索種植經驗。

然而，做為一個連號稱「死不了」的植物都能養死的手殘，她當初真的是事倍功半，被折磨得不輕。再加上不敢輕易救人的弊端，直到她在殭屍潮裡喪生前，空間的等級都依然動也不動，死活升不上去。

不過這次不同了——

文舞和徐欣怡凝視彼此，幾乎異口同聲道：

「我來幫妳升級吧。」

「妳幫我升級好嗎？」

「好啊！」

「謝謝！」

兩人一拍即合。

徐欣怡沒想到，原來器靈這麼好說話，早知如此，她上輩子就直接求助了，何必自己累個半死地還什麼都沒種成。

她開心道：「文舞，妳真好，相信我們以後一定會相處愉快的。不過就妳一個人，這塊地這麼大，會不會很辛苦？」

文舞眨了眨眼，一個人幹活當然辛苦，一群人就是小菜一碟。

她身後有一六八基地，一六八基地背後是全國的救援基地，既不缺擅長種植的人才，更不缺需要救治的人，大家一起來互利互惠！

文舞靈機一動道：「沒關係，做為器靈，我可以召喚NPC來幫忙，只是他們和我一樣，會隨機套用外面那些人的名字和形象，妳不要嚇到就好。」

「不會不會，交給妳我非常放心。」徐欣怡連連擺手。

有了和她一條心的器靈幫忙，她就不用像上次一樣在種地上浪費時間，而是可以在外面專心經營自己的勢力。

這次的重生堪稱完美，比起以前那個只知道讓她學會獨立行走的火舞，她更喜歡現在這個樂於助人的文舞呢！

徐欣怡退出空間後，文舞心裡默念「退出」，人重新出現在她的茅草屋裡。

俞心照原本正急得四處找人，連地上路過的蟑螂都追著喊了兩聲「小舞」，結果眼前突然出現一個大活人，嚇了她一跳。

文舞：「……」

太過分了，我都聽到了！

俞心照淡定地跺了跺腳，嚇走蟑螂，「沒有啦，乖，姐姐我只是太擔心妳了。」

文舞眼珠一轉，惡作劇似的壞笑，而後一把抓住俞心照的手，心裡默念一聲——「進」，兩人雙雙消失在原地。

下一秒，一高一矮兩道身影一齊出現在隨身空間裡。

俞心照瞪大雙眼，險些以為是幻象，直到聽完文舞的解釋，又親自跑到藥田裡采了幾株瘋長的三七[3]，拿著它們重新回到茅草屋，這才不得不相信。

剛剛那一切居然是真的，那麼大一片藥田，基地長期缺藥的難題終於可以解決了！

她激動地衝出去，立刻和溫司令彙報此事。溫思睿、應准等人很快也陸續知曉，皆是一臉驚喜。

為了應對兩天後的霧霾天災，一群人當即開始行動，從基地挑出幾十個擅長種地的老農，還有一個八歲的少女植物學家，由文舞一起帶進空間，爭分奪秒地開始種植。

隨身空間內不僅靈氣充裕，時間流速亦和外界不同。

大量基礎藥材在專業人士的精心栽培下，每隔一小時就成熟一批，文舞每次都為徐欣怡留下十分之一，剩餘的全都帶回基地，由小豆連夜開火車送往全國的兄弟基地。

溫司令看著在沙漠上自由馳騁的七節綠皮火車，不由得感慨，「我一輩子主張唯物論[4]，沒想到到了一把年紀才明白，科學的盡頭是玄學啊。」

無中生有可還行？

忽然，站崗放哨的丁萬里大喊：「出現敵情，雪地裡一下子鑽出好多長得特別誇張的

3 三七：藥草的一種，功用可用「散瘀、止血、定痛」六個字來概括。

4 唯物論：主張物質為宇宙形成的基礎，只有物質才是真實的存在，認為精神現象亦為物質的作用所形成，否定靈魂、鬼神及其他超自然的存在。

變異蜘蛛，白色的，每一隻都有一輛吉普車那麼大！」

應准等人立刻圍過去，「有沒有人被困，幾點鐘方向？」

丁萬里轉身看了一圈，搖頭，「暫時還沒，但到處都是。而且鑽出來後立刻往四面八方爬行，一邊爬一邊結網，我剛剛看到一頭變異狼路過，直接就被蜘蛛網裹起來消化掉了。」

眾人面色一肅，這可不是個好消息。

下一場天災是霧霾，屆時視線的能見度肯定會極低，如果外面到處都是這種吃人的蜘蛛網，不管普通人還是救援隊，一旦外出，必將面臨極大的風險。

「怎麼辦，不然我帶人出去放火燒吧。」俞心照提議。

應准一時也沒想到更好的主意，「還是我去吧，妳繼續看著文舞……文舞呢？」

他一出聲，大家才反應過來，這麼大的動靜，一向衝在最前面吃瓜——咳咳，救援前線的文舞居然沒出現，這不科學。

出於對文舞個人安全的高度重視，一行人趕忙來到她的茅草屋外，就見文舞正神神祕祕地盯著正前方，口中念念有詞。

許諾雙眼一亮，「她又在發功了，肯定是為了解決那些變異蜘蛛！」

溫司令點頭，「真是辛苦這孩子了，那麼大一群變異獸，對付起來肯定不容易。」

彼時，文舞根本沒空理會來人，而是盯著『第十五章、大戰雪蛛』的內容，飛速地默念劇情、找字詞空隙。

很快就被她發現了一句：『這群變異蜘蛛又名雪蛛，其本體性格溫順無毒，唯一的能力就是四處遊走，不斷地結出蜘蛛網用以捕獵。』

文舞伸手握筆，快速用「通訊」覆蓋了其中的「蜘蛛」二字。

下一瞬間，丁萬里「嗷」的一聲，吸引了所有人的視線。

「靠，出事了！那群變異蜘蛛剛結完的網突然飛上天，變成了WiFi訊號，還有三格！」

眾人：「……」

不知道該說什麼好，要不就集體比個讚吧。

伴隨成群雪蛛四散開來，越來越多的「通訊網」生成，WiFi訊號的覆蓋範圍迅速擴大，一直從一六八基地所在的西北邊境蔓延至四季全國。

一天後，陸續有人發現了一個神奇的現象。只要空中出現WiFi訊號，人站在訊號標誌下方的一定範圍內，就能像玩全息遊戲一樣，憑空劃出一個浮空介面。

介面右上角顯示：**末世論壇（春季，三月二十九日，暴雪）**。

整個頁面最初是空白一片，不知是誰先發了一個貼文——

【測試】真的假的，喂喂喂，有人能看見我發的這個貼文嗎？

一秒後，一長串貼文瞬間擠爆首頁。

【是真的】我跟身邊的人全都能看見，樓裡已回覆！

【啊啊啊】什麼情況，太神奇了，這真的是末世，不是什麼全息遊戲嗎？

【尋親】爸、媽，我是王小虎，我在三六基地！

介面正下方以肉眼可見的速度出現了【最舊】【上頁】【下頁】【最新】等翻頁圖示。

全國上下因為這個離奇出現的虛擬論壇而沸騰。有了它，資訊不再滯後，無論個人、避難所還是救援基地，都將更好地在末世中存活。

這無疑讓所有人看到了希望！

考慮到境外武裝勢力和鄰居β星最近的小動作過於頻繁，國家領導人對此異變表示高度重視，迅速從各救援基地調派人手，展開調查。

「絕不能被敵人趁虛而入。」最高領導人下達鐵令。

溫司令尚且來不及震驚，便已經著手處理善後問題，在徵得文舞的同意後，親自以一六八基地的名義發文。

【一六八基地】大家好，這是我們的科學研究團隊最新研發的光波通訊技術，該技術晶片內嵌於一種溫順無害的雪蛛體內（附圖），請大家保護此類變異蜘蛛，共同維護我們的網路家園。

同一時間，應准乘坐小豆的綠皮火車一路飛馳到一號基地，當面向最高領導人進行了一段被列為絕密的彙報。

沒人知道他們具體的談話內容，只知道應准一走，剛剛下發不久的調查令便悄然收回。

任憑潛伏在各處的間諜如何打探，最後也只能將此事歸功於一六八基地的科研成果。

一個間諜盯著不斷刷新的論壇首頁，滿臉的不可思議，「怎麼會這樣，此等技術連我星都做不到，無中生有啊，一場災難反而讓他們的科學技術飛躍了？」

事實上，文舞才是第一個發現論壇存在的人。

更準確的說，是因為她收到了系統的危險提示。

「警告，警告。因為Wifi的出現，劇情邏輯自動修復後，按照一般網頁遊戲的模式，為末世增加了一個虛擬論壇，改動過大，宿主隨時有暴露的風險。」

文舞聽完苦笑，「抱歉啊妮妮，沒想到劇情邏輯這麼厲害，我走一步，它直接走完剩下的九十九步。」

「冰凍三尺非一日之寒，從打怪掉落食物和水開始，故事已經開始脫離現實。有了大量的更動痕跡，如果妳不立刻收手，終有一天量變會引發質變。」

這一次文舞果斷搖頭。「我明白你的意思，但我不能停、也不會在這個時候停手。大後天，我一定要親手扭轉溫司令和應隊長他們的命運，我進來不就是為了這一天？」

系統沉默了片刻。

就在文舞以為它又「陷入休眠」，講難聽一點，就是懶得搭理自己時，耳邊意外傳來了它美妙的聲音。

「恭喜宿主成功為基地搭建溝通的資訊橋梁，獎勵末世貢獻點數五點。」

以前每次辛辛苦苦只給一點，比擠牙膏還費勁，這次一下子翻了五倍，著實令她受寵若驚。「為什麼這次給這麼多？難道是風險越大、貢獻越大？」

系統：**「……」**

真的不太想要說實話，總覺得會按下什麼不得了的按鈕。

但它是個敬業的正經系統，從不騙人，於是——**「可以這麼理解。」**

文舞默念三遍牢記在心底：關鍵時刻，這可是個刷點數的神招。

為了佐證一六八基地發文的真實性，俞心照一早就帶隊出發，活捉了一隻雪蛛帶回基地放養。

雪蛛渾身雪白，六條腿如珠如玉，一對碩大的眼睛占了三分之二的臉盤，彷彿是走錯片場的Q版寵物，一來就受到了基地百姓的喜愛。

文舞跟一群小朋友一起追在牠身後，看著牠四處閒逛、等待投餵，吃飽後就結網。新的蜘蛛網飛上天，化作一格WiFi訊號，而超過一天的訊號格的顏色則會變淡、直至消散。

文舞越看越覺得有趣，特意測試了一番。

她發現這個訊號格和末世來臨前一樣，四格是滿格，使用論壇的體驗極為流暢；三格不快不慢、中規中矩；兩格時介面和貼文的更新速度較慢；一格最慘，不只論壇介面模糊不清，有時還會突然消失。

各救援基地、避難所也很快地發現了這點，大家紛紛仿效一六八基地，養起了雪蛛，更主動投餵周圍的野生雪蛛食物，以保證附近的訊號穩定暢通。

在靠近原始森林的某處隱蔽沙洞裡。

被搗毀一處實驗據點的卡卡教授等人，正對著抓來的雪蛛全身檢查，然而幾個小時過去，依舊一無所獲。

「我就知道，這群狡猾的救援軍不會說實話，哪來的晶片！」

一個男助手沉不住氣，舉起紅外線光刀就要將雪蛛大卸八塊。

「住手，蠢貨，現在這東西搶手得很，如果把牠弄死，你能幫我們結網發射WiFi訊號嗎？」另一個女助手一把抓住同伴的手臂，不客氣地將人推開。

兩人轉眼就打在一起，但都很謹慎地避開了周邊的實驗器皿。

卡卡教授絲毫不受兩人的影響，笑著將一塊麵包餵給雪蛛，慢條斯理道：「既然有力氣沒處用，那你們幾個就一起去一趟基地，把被抓住的同伴帶回來吧。」

男女助手當即停下攻擊，互相瞪了一眼，領命離開。

05

第五筆

末世論壇（春季，三月三十日，中雪）。

隨著雪蛛變得一蛛難求，一六八救援基地繼光纖網路後，推出了剛由小科學家研製成功的簡易防霾口罩。

說是簡易，是因為原材料只需要棉花，而各救援基地現在最不缺的就是棉花。別看工序簡單，防霾效果可是比末世前還好。

原本就信任溫司令的基地負責人立刻下令，讓基地全員趕製防霾口罩，大多數觀望的也不再猶豫，至於曾認為溫司令是在嘩眾取寵、想獲得更多救濟的，也在收到無償的棉花饋贈後，臉被打腫，羞得無地自容。

一時間全國上下軍民齊心，為霧霾天災做準備，一六八基地也成了全國救援基地中人氣最高的救援點。

得知科學家團隊中不乏幾歲、十幾歲的天才，更讓這個彷彿走入窮途末路的國家看到了光明的未來。

小科學家們年齡雖小，心智卻極為成熟，越是烈火烹油、鮮花著錦，言行越是低調。

他們通過論壇，順利和父母、家人取得聯繫，為他們在一六八基地爭取到了家屬名額。溫司令本打算給孩子們一個福利，貼心地派小豆跑了一圈接人，沒想到除了見到孩子們的家長，還收穫了意外之喜。

三十多位親屬中，竟然出現了五個異能者。

簡陋的司令室裡，沒想到有一天會出現這種異能者排排坐的盛況。普通救援基地有一個異能者都算是實力雄厚，而他們一六八，算上最初的五人，現在足足有十個。

「大家好，我是基地負責人溫鶴，這位是我們救援部的大隊長……」

溫司令為新成員簡單地介紹了應准、俞心照和溫思睿，最後重點提到了文舞。

「文舞是異能部的大隊長，接下來將由她直接負責各位的工作安排。」

因為有之前和寇梵三兄弟以及丁萬里溝通的經驗，文舞這段時間也練習得像模像樣，禮貌又不失威嚴道：「你們好，我——」

「這麼年輕就能當大隊長，妳有什麼異能？很厲害嗎？」一個急性子的中年男人打斷她，不客氣地發問。

旁邊的青年顯然也有些不滿，「我的異能是淨化，在末世裡特別稀少，之前你們好幾個基地邀請我，我都沒考慮，這次是為了確認我表弟的安全，才大老遠跑過來的。」

角落裡的小豆撇了撇嘴，「是我大老遠接的，你不過是在避難所門口等著而已。」

俞心照斜他一眼，他輕哼一聲別開頭。

另外三個異能者沒開口，但沉默已經表達了態度。沒想到大隊長是個看起來嬌滴滴的小女生，他們或者有顧慮，或者不服氣。

物以稀為貴，更何況是在外面格外搶手的異能者，文舞理解他們心底的驕傲，卻不爽他們高高在上的態度。

如果不甘心為基地所用，那要這些人留下來幹嘛，當大爺供著嗎？

她輕咳一聲，祭出了應准的原話，「一六八基地來去自由，但我們的名額只留給真正有需要的人，各位如果覺得屈才了，也不必勉強。」

五個異能者本以為文舞會緊張地討好挽留，主動展示一下能力，大家再按照本事重新推舉大隊長，不料她張口就是個軟刀子。

急性子中年男人冷哼，「妳這個小傢伙還真狂妄，我可是格鬥異能者，打遍末世無敵手，妳以為我不敢走嗎？」

淨化異能的青年目光閃爍，「你們看起來也沒什麼誠意，那就別怪我帶著我的天才表弟一起離開這裡了。」

應准聞言，深深看了這人一眼，不著痕跡地朝文舞點點頭。

文舞心裡有了底，「請便，剩下三位考慮得如何？」

因為基地方的從容自信，其餘三個異能者心裡有些忐忑不安。他們本來就是隨波逐流，眼下又覺得留下來也滿好的，畢竟說自己在一六八基地，多有面子啊，論壇上人人豔羨呢。

「我還是留下來吧。妳好，文隊長，我叫賀禮，異能是料理，不管什麼食材都能做得好吃又營養。」

「文隊長好，我叫周亮，異能是發光，就跟太陽能手電筒一樣，白天需要晒太陽才行。請多關照。」

「我叫蕭笑笑，異能是消除記憶，可以只針對一定的時間範圍……」

五個人中有三個一秒叛變，中年男人和青年對此嗤之以鼻，兩人起身正要離開，突然聽門外傳來了打鬥聲。

許諾衝到門口大喊：「報告，有四個異能者襲擊基地，要我們交出那個女異能者！衛竹子去出任務了，寇梵、陳留和丁萬里快扛不住了！」

寇梵主防禦，陳留跑得快，丁萬里看得遠。敵人有備而來，打不過很正常，打得過才要意外。

擅長格鬥的中年男人一臉幸災樂禍，「還以為你們這邊的異能者有多厲害，看樣子也不過如此。」

青年訕笑，「我還是快帶著我的天才表弟投奔避難所去吧。什麼救援基地，連最基本的安全都保障不了。」

其餘三個異能者心有戚戚焉，但他們既然決定為了孩子留下，當然要出力守護這裡。

料理異能者和發光異能者幫不上忙，消除記憶的這位倒是出了個主意。「你們看能不能暫時拖住他們，讓我靠近。只要三分鐘，我就能讓他們忘了今天是來幹什麼的，自己走人。」

溫司令覺得這不失為一個好辦法，他看向應准，發現應准等人全都在盯著自己身後。

他身後……是文舞？

此時此刻，文舞的目光集中在淡綠色的文章頁面上。

她剛從『第十六章、立威』中找到一段龍傲天仗義出手的描寫。

『蔣之田一來就聽到四個異能者的頭目高喊：「聽清楚了，我們可是超級異能者，快把我們的同伴交出來，否則，格殺勿論！」』

由於劇情的自動修復，蔣之田來借棉花做防霾口罩，同時以一敵三，代替基地擊退強敵，成功征服了五個新來的異能者。

這麼一來，劇情便圓回去了。

文舞並不在乎蔣之田如何表現，她不能接受的是基地被外人如此看扁。

這次要怎麼改，才能給這些囂張的異能者一個畢生難忘的教訓呢？

把「超級」改成「超生」，是不是就能收穫好多個小異能者？

不了不了，龍生龍、鳳生鳳，老鼠的孩子會打洞，萬一生下一串小反派那可就麻煩了。

聽著外面越來越激烈的打鬥聲，文舞眼睛一瞇，握筆快速修改掉「異能者」的「異」字。

「不用三分鐘，給我三秒就能解決。」

她說完立刻走出去，寇梵等人剛好被打飛，蔣之田也趕到了基地門口。

緊接著，就聽四個反派異能者的頭目高喊：「聽清楚了，我們可是超級無能者——」

後續內容衝突，劇情邏輯自動修復。反派頭目愣了片刻，帶頭撲通一跪，「沒錯，我們就是一群廢物，以後保證再也不幹壞事了，求大人饒命啊！」

剩下三人跟著「咚咚咚」地跪下，連聲求饒。

眾人：「……」

我們有一句我靠，不知該講不該講。

四個秒跪的超級無能者被帶下去，因為應對得及時，基地的損失不大。

應准特意讓人押著他們，在最先被捕的女異能者眼前晃了一圈，果然，女異能者一直以來的平靜面孔當場碎裂。她一直在等同伴來救援，沒想到同伴來是來了，還一齊投了降。那可都是大奸大惡之徒，投毒正常，投降怎麼可能？

所以說，這基地真的很邪門！

心理防線一旦崩潰，女異能者便主動求見應准，「讓你們應隊長來，有關我們組織的事，我只跟他一個人說。」

許諾冷笑，按照應准提前吩咐的話回應她，「應隊沒空，沒看到又新來了四個，搶著要戴罪立功嗎？現在根本輪不到妳。」

女異能者一陣心急。權衡片刻後，她果斷放棄原本想要小手段的念頭，將自己所知的東西一股腦地交代了出來。「我們平時都聽卡卡教授的命令，他在研究異能者升級藥水，需要大量的實驗體，但異能者少見又不好抓，所以我負責幫他抓一些普通人來將就著用。」

許諾心中震驚，但她牢記應准的叮囑，努力表現出一副「就這點破事」的不屑神情，「哦，就這樣？妳同伴說得比妳詳細多了。」

女異能者咬牙，「我還知道他們不知道的，是我無意中撞見的。好像有個普通人喝了升級藥水，身上就出現了雷電異能，不過卡卡教授後來也沒跟我們提起，我就裝作沒看見了。」

許諾差點控制不住自己的腿，衝出去找溫司令彙報。有人在他們的地盤上做非法人體實驗，能把普通人改造成異能者，這消息一旦傳開，怕是會引發大亂！

她竭力忍住，問出最後一個關鍵問題，「卡卡教授是誰，長什麼樣子？」

女異能者張口就要回答，然而怪事出現了。

她愣了半天後，難以置信道：「奇怪，我不記得了……這不可能，我們朝夕相處，但除了他是個男的，我竟然什麼都不記得了……」

許諾盯著她看了一會兒，見她陷入了自我懷疑中，便沒再多問，轉身走出守衛森嚴的茅草屋。

門外，應准對她搖了搖頭，示意她別出聲。兩人一路快步走進司令室，見到了等待多時的溫司令、溫思睿、俞心照以及文舞。

俞心照快人快語，「怎麼樣？那四個全都不行了，一問三不知。最後這個開口了嗎？」

許諾點頭，表情凝重地將女異能者的供詞複述一遍，室內的氣氛一下緊張了起來。

儘管只有寥寥數語，但任誰也聽得出，這個卡卡教授和他所做的實驗極度危險。

一個沒人能記住的怪人，一個可以賦予普通人異能的實驗。

溫思睿用手指敲著輪椅的扶手，目光透過窗戶看向站崗的丁萬里，「這意味著，只要那個卡卡教授想，他可以製造出無數多的異能者，為他所用。」

應准冷不防地來一句，「諾爾那邊吃了那麼大的虧，事後的反應也過於平靜了。」

大家一時間心生各種猜測。

溫司令一籌莫展，最終還是看向文舞，「小舞能預知到和這個卡卡教授相關的未來嗎？」

「……」文舞一時也無法確定。

因為劇情邏輯會自動修復，前面的些微改動勢必會導致後面的一系列變化，她每次都要在事發前，才能百分之百確定預知不會出錯。

作者目前只更新了十九章，前十六章她仔細地梳理過了，沒發現更多線索，現在只剩下最後的三章內容。

「您稍等一下，我現在馬上看。」

她召喚出文章頁面，看到『第十七章、叛徒』的章節名，當即提高警惕。

『蔣之田本以為自己會受到基地的刁難，不料卻順利地用糧食交換到了足量的棉花，裝車帶走，還收下一個主動投靠的格鬥異能者，這一趟真是不虛此行。因為心情好，淨化異能者帶著他十歲的小表弟請求搭順風車，他二話不說便答應了。』

看到這裡，文舞不勝唏噓。她在心裡偷偷嘀咕，「妮妮，這就是男主光環吧，是吧是吧。」

能理解救援基地為何不為難他，在溫司令、應隊長他們眼裡，避難所的百姓是民，甚至蔣之田本人也是民。只要不是大奸大惡之徒，他們力所能及的情況下都願意拉他們一把。但繞了這麼一大圈，還是被他帶走一個戰鬥力，說不定還會變成兩個，怎麼想都是運氣逆天。

系統沒回答這個顯而易見的問題，而是說：**「宿主，一個好消息一個壞消息，妳想先聽哪個？」**

文舞毫不猶豫道：「好的，先聽壞的就沒辦法有好心情了，不如先讓我單純地高興一下再說。」

系統覺得這個選擇很符合文舞的思考模式，於是配合道：**「好消息是，妳修改後的內容反響還不錯，評論區一片『哈哈哈』。因為留言更新得快，提出質疑的聲音都被壓下去了。」**

那倒是很好，文舞心裡踏實了幾分。

「壞消息是，因為大家都表現得很滿意的樣子，最近也沒人去罵作者，她心情不錯，開始繼續回覆評論了。這麼下去，發現不對勁是分分鐘的事。」

文舞：「……」

這就很尷尬了，福兮禍所伏，誠不我欺。

她現在只希望自己的運氣能稍微好一點，至少在徹底暴露之前，讓她成功扭轉救援基地的覆滅命運！文舞暗暗幫自己打氣，繼續往下看這章的內容。

『徐欣怡沒想到，上輩子的異能者叛徒竟然被蔣之田帶了回來。她深知這個淨化異能者不安好心，早和間諜女友策反。涉及到家國大事，當即想將人扣下。

『她想稱霸一方，那也是在救援基地陸續覆滅、國不成國之後。在此之前，她依然是一個有著基本良心的四季人，只是沒想到淨化異能者狡猾如斯，提前察覺到不對，偷了他們的車逃跑了。

『淨化異能者帶著他的天才表弟，來到了西北邊境一處靠近原始森林的危險地帶，很快就找到一個隱蔽的沙洞入口，見到了因為實驗剛取得突破性進展、心情不錯的卡卡教授。』

文舞突然看向溫思睿，大家隨著她的動作一齊地緊張了起來。

她問：「那個淨化異能者帶著他表弟走多久了？如果他們途經隔壁避難所，再開車趕到邊境，需要多長時間？」

溫思睿快速回憶了一下，「從他們離開基地到現在，大約一小時。按照卡車在沙地上的正常行駛速度，如果期間沒耽擱太久，差不多該到邊境了。」

之所以強調正常行駛速度，那當然是因為小豆開的火車車速不正常了。滿地跑火車，可以想像那任性的畫面。

文舞聽得一陣心急，爭分奪秒地往下看劇情。屋裡的人都知道未來不可捉摸，而她想要改變未來，就必須跟時間賽跑，於是不約而同地屏息以待。

後續內容中，先是描寫了徐欣怡客觀冷靜的分析，在不暴露她重生祕密的前提下，點明了淨化異能者的奇怪之處，暗示此人對α星可能有異心。隨後便是蔣之田帶束子等人前去追擊，可惜遲了一步，失去目標，無功而返。

文舞跳過徐欣怡如何高情商地安慰蔣之田，為他留足了面子，同時收服人心的段落，終於再次看到和卡卡教授有關的內容。

『卡卡教授看著風塵僕僕地前來投奔，一見面就大言不慚地提出要異能升級藥水的青年，和氣笑道：「你說，你和你女朋友都是瑞貝卡的狂熱粉絲，所以想要加入我們β星，還特意帶來了貴星的小天才以示誠意？」

『青年點頭，「沒錯，聽說你們對虛擬論壇的出現很好奇，這些都是我表弟他們研究出來的。不過，我最大的誠意不是他，而是我自己。如你所見，我可是全球罕見的淨化異能者，不信你看——」

『青年一手抓住一個已經劇毒攻心的實驗體，只見他指尖白光一閃，實驗體青黑的臉色便快速褪去，整個人重新煥發出生機。

『看著卡卡教授滿臉的驚豔，他得意道：「怎麼樣，只要有我的協助，你完全可以去抓異能者來做實驗，就算藥水出錯，大不了我幫你淨化掉毒素，重新再來。」』

文舞不知不覺將這段話念出來，就別提屋裡的人臉色有多難看了。

為了阻止這個可恨的叛國賊，她一瞬間將視線定在了他的異能上。

「淨化」改成「孵化」？

不行，就算是被反派拿去孵雞蛋，那也是便宜了他們。

她害怕時間不夠，不敢拖延，急忙和屋裡的人商量一番，而後迅速拿定主意，將「淨化」的「淨」字改成「融」。

下一秒，邊境的某處沙洞中，青年點頭道：「沒錯，聽說你們對虛擬論壇的出現很好奇，這些都是我表弟他們研究出來的。不過，我最大的誠意不是他，而是我自己。如你所見，我可是全球罕見的融化異能者，不信你看——」

他說得太快，在意識到自己說錯話之前，已經握住了身旁一個劇毒攻心的實驗體。

這正是卡卡教授目前唯一成功改造的「普通異能者」。

只見他指尖白光一閃，這個包含了無數奧祕、本身極為珍貴的實驗體突然間就融化了……化了……了。

在得知表哥的叛國計畫後，一心為國、不惜以身犯險的小科學家冷冷一笑，「表哥，幹得好，敵人的研究資料已經被清空了，我們的任務順利完成。」

卡卡教授：「哈？

「來人，給我拿下，他們是基地派來的間諜！」

前淨化異能者、現融化異能者大吃一驚，顯然連他自己也不知道發生了什麼事。

不過無論如何，安全第一，誰來抓他他就融化誰。被人堵住出口，他就發瘋一般四處亂摸，很快就融化了實驗室裡所有的珍貴器材。連支撐物也意外被融化，沙洞即將塌陷。

文舞一直緊盯著劇情的自動修復，第一時間便看到一行字閃了閃，快速淡化消失，變成了新的描述。

『融化異能者陰差陽錯地搗毀了卡卡教授的實驗資料和器材，只可惜沙洞塌陷，包括小科學家，所有人都被黃沙掩埋。』

不能讓小英雄流血又流淚，一定要救人！她火速將「包括」改成「除了」。

同一時間，遠在邊境的沙洞塌陷，小科學家眼睜睜地看著所有黃沙像長了眼睛似的，準確地繞開他的位置，將其他人一齊掩埋。

小科學家：「……」

這不科學。

文舞將消息告知溫司令，俞心照立刻帶人驅車趕去接人，順便抓捕卡卡教授。

本該鬆一口氣，系統卻提示她，**「宿主，妳當前只剩下三個貢獻點，請謹慎使用。」**

文舞一口氣又提到了喉頭，突發狀況太多，她險些用光貢獻點，斷了自己的後路。

「不行，我得先把基地覆滅的結局改掉，天大地大，這件事最大。」

她怕自己再拖下去，會面臨難以取捨的局面，當即翻到『第十八章、霧霾』，將「那一夜，無人生還」改成了「無人傷亡」。

終於等到這一刻，文舞期待地盯著文章頁面上的字。

看它們果真變了，她的嘴角忍不住翹了起來。有了這個好的結局，再加上這段時間來基地為此做的準備，相信大家一定可以順利度過這場劫難。

她不知不覺看了半天，視覺開始產生疲勞，剛要退出頁面，卻愕然發現，那兩個字又變了回去！

「妮妮，怎麼回事，明明還沒發生，為什麼我改不了這個結局？」

系統過了一會兒才回答：**「宿主，作者剛看到有人留言，便從後臺改回去了。按照規則，妳無法再改動這處內容，基地的結局冥冥中已經注定。」**

文舞是會輕易認輸的人嗎？

她將視線移動到這段內容上方──

『這裡不是木頭就是乾草，極易點燃，被噴火獸攻擊後，瞬間淪為一片火海。』

想著僅剩的一個貢獻點，她咬了咬牙，「作者，這可是妳逼我的。」

實不相瞞，我要是舞起來，連我自己都怕！

末世論壇（春季，三月三十一日，小雪）。

一六八基地的空中還在飄飄灑灑地掉著棉花，一縷陽光奮力地穿透雲層，照了下來。

經過徹夜的搜索，小科學家被俞心照一行人安全帶回。

「和那個女異能者一樣，除了性別之外，他記不住任何和卡卡教授有關的細節。可以肯定的是，對方也是個異能者，能力暫時不明。只可惜活不見人、死不見屍，應該是又被他逃了……」

文舞、應准等人聚在司令室內，認真聽完俞心照對溫司令的彙報。

溫思睿摩挲著下巴，興致盎然道：「這個同行聽起來很不簡單啊，批量生產異能者、人工升級異能，虧他想得到。」

應准斜睨好友一眼，掏出腰包裡的《救援基地行為守則》、遞給他，「抄三遍冷靜一下。」

溫思睿笑著擺手，「放心，我沒瘋，我們只會用變異動植物做研究，絕不越線。」

溫司令沉吟，「這件事暫時放一邊，要麻煩小舞多留意卡卡教授的預知線索了。眼下還有一個更大的困難，需要大家齊心協力克服。」

為了應對次日的霧霾天災，眾人又展開新的一輪商議。

不久後，各基地在論壇上發文聯動，軍民齊心備戰，熱火朝天。

【一六八基地】重要提示：明日起，將有大量動植物發生變異，請各基地、避難所謹防變異獸偷襲。

【一號基地】物資領取通知：尚未準備防霾口罩的避難所成員、流民，請盡快到最近的救援基地免費領取。每人每天限領一枚，嚴禁轉售。

【一四六基地】危險預警：有感染異能者惡意傳播疾病（附圖），見到此人請立刻逃離，並盡快向附近的救援基地提供搜捕線索。

文舞瀏覽完各地的整體動向，重新召喚出文章頁面，確認當前的故事內容。

和她之前看到的一樣，霧霾導致大規模動植物變異，基地被噴火獸包圍，黑心蓮一時遲疑，錯過了救援時機，應准等人為了幫百姓爭取時間撤離而英勇犧牲。

她的視線重點落在了幾處可以做文章的地方，按捺住心底的蠢蠢欲動，「妮妮，作者發現我的存在了嗎？」

「暫時還沒。她在作者的話中抱怨新換的輸入法不好用，以為是自己手滑打錯。」

「那就好，這次我忍，等劇情發生前一刻再動筆，就不信她還能修回去。」

「請收下本系統誠摯的祝福：一路走好。」

文舞：「……」

我雖然不能文，但也不是個文盲，過分了啊。

末世論壇（春季，四月一日，霧霾）。

雪化無風，氣溫驟降。

一夜之間，整個α星都被一層厚重的黑灰色所籠罩，地表能見度不足半公尺。

由於防霾口罩發放及時，所有基地和大部分避難所的民眾均未受影響，但來不及趕到基地領取物資的流民，和一意孤行的個別避難所則迅速淪陷。

【注意】霧霾有問題，變異獸再次進化，出現和異能者一樣的特殊能力，並成群離開原始森林附近，進入荒漠地帶！

【求助】我靠，原始森林裡的變異植物突然跑出來了，我們避難所被上百株芭蕉樹包圍，誰跑扇誰！

【殭屍】好怕怕，大家一定要戴口罩，剛剛親眼看到有人不聽勸，故意吸入大量霧霾，說自己能變異能者，結果變成行屍走肉了。

殭屍貼文一出現，舉國譁然。

被動植物咬到好歹能一死，被殭屍咬到不僅生不如死，還會迅速擴散害了更多的人。這無疑給才看到一點希望的四季人民當頭一擊。

為了控制住殭屍的數量，各救援基地迅速做出反應，反覆闢謠的同時鼓勵民眾提供殭屍的線索，在最短時間內派出救援隊搜捕滅殺。

這個愚人節，彷彿是老天和所有人開了一個並不好笑的玩笑，幾乎每一秒都有人員傷亡。一六八基地大概是唯一一個至今還未出現減員的地方。

出於對文舞預知能力的信任，在得到最高領導人特准後，所有人都留守救援基地，準備和成群來偷襲的噴火獸決一死戰。

「來了，少說一百隻，目測還有十公里遠，牠們移動速度極快，大家小心！」

站崗的丁萬里高喝一聲，整個基地的氣氛為之一凝。

應准最後一次向各個小隊長確認準備完畢，走到堅持要和大家同進退的文舞身旁。

「待會不要逞強，如果像上次一樣無法改變未來，我們會立刻啟用B計畫，妳和研究部的人一起跟著小豆撤走，這是命令。」

文舞咬唇，「應隊長放心，我跟著你們訓練這麼久，絕不會拖後腿，今晚沒有失敗，只有成功。」

她有自己的堅持，也在用自己的方式表達抗議。

俞心照一巴掌拍在她後背上，「好樣的，有志氣！」

「咳咳咳……」

她這幾聲咳嗽令緊繃的氣氛稍微一鬆，朝夕相處的隊友們紛紛露出笑意。

然而緊接著就聽丁萬里一聲暴喝，「到眼前了，最後一公里！」

說時遲那時快，所有人各就各位，生死大戰一觸即發。

丁萬里按照文舞事先的要求，噴火獸群每逼近一段距離都要大聲示警一次。

「八百公尺！」

「五百公尺！」

「最後一百公尺！」

「不到十公尺，牠們停下了！」

整個基地的呼吸聲隨之一滯。

所有人的目光不約而同地看向基地門口，雖然視線受阻，但他們知道，文舞和應准此時此刻就站在那裡。身為救援部和異能部的大隊長，他們以一己之身，擋在了所有人的前方。

隔著厚重的霧霾，文舞一樣看不清幾公尺外的景象，然而就像隊友們信任她一樣，她同樣信任丁萬里。

在他最後一次示警之際，她已然握筆疾書。

『這裡不是木頭就是乾草，極易點燃，被噴火獸攻擊後，瞬間淪為一片火海。』

最後一個貢獻點，決不允許失誤。她不僅要救援隊的英雄們活下來，還要他們活得更好！

眨眼間，「噴火獸」的「火」字被改掉。

卡在最後一刻的修改讓文舞緊張得滿頭大汗，她用左手緊握住微微顫抖的右手手腕，穩穩地覆蓋上一個「磚」字。

文章頁面上的字跡閃爍幾下，成功被替換。

下一秒，丁萬里激動地大喊：「成功了，開始執行A計畫，大家快出來搬磚，這群變異獸好厲害，一口氣噴了好多磚啊，都沒有要停的意思！」

安靜片刻後，基地的氛圍重新活躍起來，救援隊的人紛紛收起手中的武器，躲在茅草屋裡的老百姓們也陸續探出頭。直到聽丁萬里重複了三遍，大家才真切地意識到，這是真的，一場生死危機在最後一秒消弭於無形！

「嬌花做到了！嬌花成功了！」

老劉用他渾厚的嗓音高呼，自以為直線地跑向了基地門口，結果「碰」的一聲，撞在了一側的崗哨臺上，「哎呦」幾聲後轉而開始哈哈大笑。「老天有眼，為我們送來嬌花！」

文舞被他這一迭連聲的嬌花喊得一個踉蹌，用譴責的目光瞪住距離她咫尺之遙、陪她直面獸群的應准。可惜對方看不到。

須臾，從旁邊伸過來一隻大手，輕輕拍了拍她的肩膀。「妳不是擔心自己的異能有點超過，想要盡量降低存在感嗎？我們商量過了，決定讓民眾們在提起妳時，一律用代號。許諾說，這還是妳剛來時親口為自己取的，大家聽了都覺得很好。」

文舞：「……」

無Fuck說，還是老老實實出去搬磚吧。

第二次天災降臨當日，其他基地忙於驅趕變異動植物，撲殺殭屍源頭，一六八基地卻在集體搬磚。

一天轉眼過去，濃到駭人的霧霾終於開始消散。入夜後，能見度反而大幅提高。

噴磚獸們餓得頭昏眼花，自發性地停止了工作，所有人也已經累得腰酸背痛。

然而看著被大雪壓塌的茅草屋搖身一變，成了一間間不透風不漏雨的結實磚房，大家又掩不住喜色，只覺得再痛再累都值得。

溫司令道：「多出來這麼多磚，基地實在沒地方放，這下又要辛苦小豆，幫我們載走處理掉了。」

俞不宣倒在一堆磚頭上，有氣無力道：「不辛苦，一點也不辛……」

話沒說完，忽然傳來輕微的鼾聲。

大家會意一笑，壓低聲音繼續商量。溫思睿懷裡抱著一塊磚頭，來回摩挲，「這些磚頭來之不易——我的意思是，噴磚獸噴了一天也滿累的，我們不能像上次送棉花一樣白送，建議進行資源交換。」

應准頷首，「附議。此一時彼一時，以後就算是親兄弟也要好好算帳。我們需要糧食、蔬菜和飲用水。」

俞心照補充，「在沙地上蓋房子也不會塌，是我們研究部的研究成果，拒絕剝削、要求技術共用。總之不能事事都讓文舞用異能解決，她也滿辛苦的。」

不遠處的俞不宣翻了個身，哼了幾聲，「不辛苦，真的不辛苦……」

溫司令搖頭失笑，又是欣慰又是自豪，「你們都是好孩子，我們基地這次是大難不死，必有後福。」

應准透過黑灰色霧氣，左右掃視一圈，「文舞呢？」

夜裡是俞心照負責貼身保護，她聞言立刻往後院的方向一指，「好像是噴磚獸噴磚時意外砸暈了一頭迷路的變異野豬，被許諾發現了，文舞正在那邊殺呢。」

沒有貢獻點的感覺，對文舞來說就像明知道自己隨時會拉肚子，手頭卻沒衛生紙，毫無安全感。難得有一頭變異野豬千里送貢獻，她自然不能錯過。

揮舞著匕首，一刀接一刀地刺下，文舞終於在累到虛脫前聽到了系統那美妙的聲音——

「恭喜宿主成功擊殺一頭變異野豬，獎勵末世貢獻一點。」

如今的她絲毫不在乎身上的血，不暈也不吐，撲通地往地上一癱，倒頭就睡，還故意擺了一個和野豬同款的四腳朝天姿勢。

剛好走過來確認她安全的應准：「……」

好險，差點問地上怎麼會有兩頭。

他不經意地想起第一次相遇那天，文舞也是累到虛脫，當時怎麼也沒料到，一轉眼她已經成長這麼多，也為基地做了這麼多。

應准朝打算叫醒文舞的許諾擺擺手，上前將人打橫一抱，大步往緊挨著司令室的磚房走去。那是在司令室之後蓋起來的第二間，大家一致要求送給文舞。

快走到時，基地門口的一堆磚頭突然被人一掌擊穿，一個頭頂長了犄角、渾身布滿鱗片的男人從中穿過。最讓人驚訝的是，他身後居然還拖著一條尾巴。

應准對著準備動手的俞心照等人輕輕搖頭，從容不迫道：「什麼人，為什麼要襲擊救援基地。」

來人重重一哼，「想知道我是誰嗎？」

他突然大聲唱起來，「我頭上有犄角，犄角！我身後有尾巴，尾巴！誰也不知道，知道！我有多少，祕密……」

眾人的頭頂緩緩打出一排問號。

文舞被這不要錢、要命的歌聲吵醒，在系統的危險警示下，第一時間召喚出文章頁面，一眼就看到『第十九章、失控異能者』的開頭描述。

『並非所有吸入霧霾的普通人都會成為殭屍，較為幸運的傢伙的確可以激發出異能，比如眼前的這位。然而突如其來的強大力量就好像一夜暴富，狂喜之後，他瘋了。』

「妮妮，這是原劇情的內容嗎，為什麼我沒印象。」她看得一頭霧水。

系統這次回答得極快，「作者改不了前面的內容，以為網站當機了，為了埋下她的重要伏筆，臨時為基地創造了新的危機。這個異能者精神狀態不穩定，一旦發狂，就會變得極度危險，宿主快想辦法。」

文舞：「！」

她趕緊往下看——

『一曲唱罷，來人呵呵笑道：「好了，我已經給出了足夠的暗示，現在你們知道我是誰了嗎？醜話說在前頭，如果沒人能猜到正確的答案，那就一個一個過來對我叫聲爸爸。否則，今晚你們一個也別想逃，都得給我死。」』

喔齁，看看你多麼厲害！

文舞握住光筆，側過身，略一思索便要將光幕上的「給我死」改成「給我活」。

這麼一來，不管前面發生什麼事，最後的結果總歸是集體倖存。

然而筆尖落下的一瞬，她腦海中靈光一閃，將「對我」的「對」改成了「讓」。

下一秒。

不速之客怪笑道：「好了，我已經給出了足夠的暗示，現在你們知道我是誰了嗎？醜話說在前頭，如果沒人能猜到正確的答案，那就一個一個過來讓我叫聲爸爸——」

邏輯通順，內容無需修復。

他頓了一下後，繼續說下去，「否則，今晚你們一個也別想逃，都得給我死。」

文舞示意應準將她放下，大大方方地走上前，「好啊，就這麼一點小事，你叫吧。」

對方冷笑一聲，「爸爸！下一個！」

整整一夜，一六八救援基地的軍民有序地排隊，逐一上前讓對方叫爸爸。

直到最後一個三歲的小女孩怯生生地完成任務，精神狀態不穩定的異能者終於一臉滿足地喟嘆一聲，「爸爸們，再見。」

眾人齊齊朝他揮手，目送他搖頭擺尾的背影快速消失。

文舞緊盯著第十九章的文章頁面，確認劇情邏輯自動修復後，這個危險的傢伙直奔位於邊境的原始森林而去，這才徹底放心。

她試著點擊「下一章」，更新失敗。

「妮妮，基地順利度過了今晚，我的預知能力會消失嗎？」

「不會，作者把後面幾章放在存稿箱裡了，會在每天早上九點定時上傳，妳按時更新頁面就可以了，另外——」

「恭喜宿主成功扭轉基地的覆滅命運，獎勵末世貢獻十點。」文舞捨不得傷害那些可愛勤勞的噴磚獸，正煩惱要再去哪裡打怪做貢獻呢，沒想到心想事成，一下子就進帳這麼多。

要不是系統沒有實體，她一定會忍不住親它一下。

系統感受到她的情緒，微微羞赧，片刻後暗暗提醒，**「宿主，基地的覆滅涉及後期主線，作者不可能輕易放棄，她可以在後續內容裡設法把劇情圓回去，妳要小心。」**

涉及什麼主線？難道是為了讓救援基地一個都不剩，國家名存實亡，好給男女主角一個合理的稱霸理由？

文舞握拳，「有些東西是有底限的，如果她真的這麼做了，我拚著被發現、被抹殺，也要跟她抗爭到底。」

06

第六筆

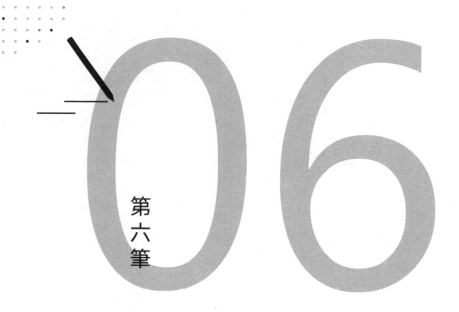

黎明驅散黑暗，大地重新煥發出生機。

籠罩α星的霧霾從黑灰色變成了淺灰色，毒性大幅下降，變異動植物不再發生進化，人吸了霧霾會生病，卻不會再變成殭屍。

「果然，生活一旦到達底處，未來的每一天就只會變得更好。」溫司令暗自感慨，戴上防霾口罩，親自去參與基地的擴建工作。

房子是每一個四季國民與生俱來的執念，彷彿那才是家的承載。有了足夠的磚頭和蓋房子的技術，大家的日子頓時又有了盼頭。

一大早，俞不宣就開著他的七節綠皮火車，將噴磚獸源源不斷產出的磚石運往全國各地。當然，有別於上次的棉花大放送，這次是哪裡談好了資源交換，就去哪裡。也不拘於救援基地，避難所願意用糧食、彈藥換取，流民個人用有價值的資源、消息換取，交易的形式多種多樣。實在捉襟見肘又有需求的，溫司令還會酌情特准這些人用勞動來付款，比如為一六八基地繼續趕製防霾口罩等。

一車車磚石運出去，一車車的資源搬回來。基地的百姓們笑顏逐開。

文舞久違地睡了個懶覺，從基地民眾優先為她搭好的磚房中醒來。簡單洗漱後，一面瀏覽論壇上的貼文，一面盯著時間。九點整，準時更新文章頁面。

「第二十章、雪中送炭」，開頭一上來就是黑心蓮在經營事業。

因為隨身空間裡的藥園收穫頗豐，黑心蓮每次即便只拿一成，手裡也累積了大批的藥材。眼下剛好有不少避難所都遭受重創，大量的傷患急需救治，她便抓住機會巧妙地施恩，通過論壇和附近其他避難所打起交道。

『可惜，南邊幾個偏遠的小型避難所被徹底破壞，年輕人很容易就能找到新的容身之處，那些年老的卻處處被嫌棄，就連附近的救援基地也以人滿為患為由，婉拒了這些可憐人的求助。』

文舞看得不爽，總覺得最後一句莫名有抹黑基地的嫌疑。

她立刻跑出去，找到了正跟大家一起砌牆的溫司令反應情況，本來篤定這位溫和慈愛的老人不會坐視不管，不料她卻等來一個意外的回答。

「這件事我一早就聽應准說了，是我讓小豆把消息帶給各基地，建議大家婉拒的。」

如果是在認識最初，文舞或許還會心生質疑，不滿溫司令的做法，但經歷了這麼多，她有自己的耳朵和眼睛，會去聽、會去看，一下子就猜到此事必然有隱情。

「溫爺爺，是救援基地遇到什麼難處了嗎？」

溫司令本來也沒打算瞞著她，看看左右，特意將她帶到避人耳目處，還沒開口，先是一聲嘆息。「據應准查到的準確消息，有南邊的境外武裝勢力混在這群人裡，就等著有救援基地收留他們，好從內部破壞基地。因為短時間內無法分辨到底誰是間諜、一共有多少個，為了基地內民眾的安全，也只好出此下策。」

文舞頭痛，他們這邊才跑出一個卡卡教授，南邊又來了一群間諜。

不過一想到那處處碰壁的五十多個老人，其中有不少都是真正受苦受難的同胞，在這種情況下不斷被婉拒，怕是會傷心更寒心吧？

說不定，敵人就是這麼算計的，不是讓間諜混進基地，就是讓一部分民眾感到心寒。連她這樣一個學渣都懂得一個樸素的道理：千里之堤毀於蟻穴。

「不行，再難也得試試看，不努力怎麼知道沒結果！」文舞二話不說跑回屋內，接著剛才讀到的地方繼續往下看。

因為是最新劇情，她看得還滿過癮的，尤其一想到自己能哪裡不爽就改哪裡，她就So happy～

然而，運氣也不是一直站在她這邊。

直到一個字一個字地細看到章節末尾，這群無家可歸的老人也沒能再占據一行半行。

系統見文舞眼睛都快貼在浮空光幕上了，不忍直視道：「宿主，別找了，作者已經注意到救援基地這條線走向不對，她懷疑自己的帳號被偏執的讀者盜了，不自覺地在減少這些內容。」

文舞恍然，「也跟帳號被盜差不多了，難怪最新章基地的出場率少得可憐。」

不過——

「我，不能文卻能舞，沒有舞臺大不了就自己搭建一個！」

她說著便心想隨身空間，默念一聲「進」，轉眼便出現在蒼翠欲滴的藥園中。

來得早不如來得巧，徐欣怡恰好用完藥材，進來取存貨。

文舞打好腹稿，輕飄飄地飛到她身邊，開心地和她東拉西扯。

文舞也不拖拖拉拉，隨口道：「告訴妳一個好玩的消息，我聽我們的NPC工人說，外面的世界有一群沒處去的老人，裡面藏著一個很厲害的異能者，要是能把他找出來，或許就會得到意外之喜。」

徐欣怡聞言，連忙仔細打聽了幾句，而後帶著今日份的藥材匆忙離開。

文舞目送她的背影消失，離開時順便將一大批剛成熟的藥材帶回去，交給俞不宣，拿去交換基地短缺的物資。

裡外都忙了一圈後，她再次打開文章頁面。不出所料，因為黑心蓮的主動介入，劇情——變了。

『徐欣怡「巧遇」一行老人，他們剛被又一個救援基地婉拒，灰心不已。為了給藏在其中的高人留下一個好印象，她爽快道：「大家跟我來，我們避難所還有剩餘的名額。」

『老人們本已經絕望，不料卻柳暗花明，一個個激動不已，所有老人齊聲道：「好女孩，謝謝妳，妳人真好！」』

徐欣怡是不是真的好，文舞不好評價，但這段內容是真的好。

文舞第一時間飛奔到溫司令面前，「報告司令，我有辦法找出那些間諜了，而且還能不打草驚蛇！」

溫司令從不懷疑文舞的能力，遣人叫來應准，得知這一行老者恰好在一六七基地附近，眾人當即乘坐大卡車趕過去。

途中，文舞用掉兩個貢獻點，將「所有老人」的「老人」改成了「間諜」。

到達目的地後，他們等了一會兒，徐欣怡才拉著蔣之田姍姍來遲。

只見徐欣怡按照文舞的預知內容，爽快地邀請完這群老人，混在其中所有的間諜便齊聲道：「好女孩，謝謝妳，妳人真好！」

看見這一幕的溫司令等人：「……」

幸虧有文舞，否則誰能想得到，五十七個老人中，會有五十六個都齊齊地開了口呢？

這不是老人裡混進了間諜，而是間諜裡混進了老人吧？

徐欣怡以為輕易搞定，不料這聲誇獎其實是張好人卡。

她又誠懇地勸了幾句，見這些人絲毫不為所動，一口咬定只信任國家的救援基地，她以為是自己沒能打動那位高人，隱隱失望。

忽然，站在最後面一個滿臉鬍碴、不修邊幅的老頭踱步上前。這人生著一雙好眼神，一看就是有故事。

徐欣怡心中微動，「老爺爺，您願意跟我回避難所嗎？」

蔣之田也觀察出了些許動靜。身為異能者，他耳聰目明、遠勝常人，剛才他就注意到，所有人都開口道謝，唯獨這位老人家沒反應。現在一回想，那不是沒反應，而是巋然不動。高手風範啊。

說起來，這一群手無縛雞之力的老人，竟然能從南邊的救援基地一路走到一六七基地這邊來，想也知道裡面藏了高手。

眼看末世一時半會兒還沒辦法結束，環境還有逐漸惡化的趨勢，做為一個有遠見有抱負的異能者，他必須抓緊時機招攬人才。

按捺住心中的急切，他故技重施地掀起上衣、露出後背，「老人家您看，這是什麼？」

走上前的老人定睛一看──精神病人，忍不住抽了抽嘴角。他原本想糊弄他們收留自己，現在卻只想被放生。

一旁的徐欣怡看不下去了。她這才想起來自己之前沒提醒蔣之田刺青的事情，綁定隨身空間後也忘了，眼下怕是被高人當成了神經病。

徐欣怡試圖挽救，但蔣之田卻習慣自己掌控局面，伸手打斷她，說道：「老人家，我想您一定和我一樣，也是個有故事的人吧？」

老人輕咳兩聲，「那當然，我有很多故事，特別特別多。」

蔣之田心裡越發滿意，這位高人一聽就知道是閱歷豐富，避難所正需要像他這樣的識途老馬。

「方便的話，您願意講一些給我們聽嗎？」招攬人才需要謹慎，他想通過具體的事例判斷這位高人的人品如何。

老人聞言，陷入沉思，似乎是在考慮要說哪一個。

遠處，文舞出於好奇，召喚出文章頁面想提前得知後續，不想卻意外地刷出下一章——『第二十一章、高人』，不由得一臉詫異。

「妮妮，怎麼會突然多出一章？」

難道是劇情自動修復後，需要增加的內容太多了？

系統迅速查證完畢，**「宿主別擔心，是作者臨時多更新了。今天榜單截止，她字數不夠。另外，她跟網站投訴了帳號被盜的問題，正在等待處理結果。」**

「明白，留給我的時間不多了，一旦她發現並非帳號被盜，就會往其他地方尋找原因。」

文舞呼出口氣，快速冷靜下來。慌什麼，作者也要遵循邏輯基本法，早晚會需要正面較量，大不了兵來將擋，水來土掩。

她沉下心，繼續看新一章的劇情，表情逐漸變得古怪。

『片刻後，就聽老人糾結道：「不瞞你們說，我末世前是個網路寫手，什麼類型都寫，故事特別多。懸疑驚悚、浪漫愛情、美食種田、修仙冒險，你們想聽哪一種？』

這是貨真價實的「有故事」，真是個實在的人吶。

文舞憋著笑，見老人還在思考，繼續往下搶先看。

『蔣之田末世前才剛大學畢業，沒事的確喜歡上網看個小說，話題差點就被帶偏。但他緊接著就意識到不對，皺著眉試探，「請問，您有什麼特殊的能力嗎？」

『老人想了想，自信地回答：「我的讀者都說我灌水一絕，其實我也不是故意的，這大概就是天賦異稟吧。」

『蔣之田感覺自己被耍了，氣得拂袖而去，上了車還在低聲咒罵，「狗屁的灌水異能，往小說裡灌水算什麼，有本事往末世裡灌啊！」

『追上去的徐欣怡一臉無奈，想也知道，灌水作者也能往末世裡灌水這種事，簡直是癡人說夢。被丟在原地的老人喃喃，「啊，這個，我確實不會往現實中灌水啊……」』

文舞本來當笑話看，結果看著看著，神色便鄭重了起來。

她激動地抓住應准的手臂，小聲道：「你等一會兒一定要把那個唯一沒問題的老人帶回基地，千萬千萬。」

應准點頭，來不及問原因，遠處忽然傳來一陣吵鬧聲。

文舞聽了兩句，確認老人和蔣之田的對話跟她剛看完的劇情完全吻合，心中大定，連忙握筆在最後一句上動了點手腳。「確實不會」改成「確實也會」。

不久後，蔣之田發現自己鬧了個大烏龍，氣得快步離開，徐欣怡不得不放棄找出那位高人的念頭，趕忙追上去。

被丟在原地的老人喃喃，「啊這，我確實也會往現實中灌水啊……」

說完，他自己先「咦」了一聲，「什麼鬼，我真的會嗎？」

不待他弄清楚發生了什麼事，溫司令已經帶人趕到，鄭重地邀請五十七個老人，「大家好，我是一六八基地的負責人溫鶴，我們基地剛剛擴建，聽說了大家的情況，特意來接你們回家。」

普普通通的一句話，卻彷彿蘊含著無盡的力量，聽得周圍看熱鬧的路人心潮澎湃，有人甚至瞬間紅了眼眶。其中一人大受觸動，飛速在論壇上發文。

【我的媽】以前沒什麼特別的感覺，直到剛才聽到那句「回家」，我一個堂堂大男人差點哭了，細節下收。

這個人將親眼所見的描述了一番，字字句句都是實話，沒有任何誇大渲染。偏偏因為真情實感，讓一堆在末世裡頑強掙扎的人都看到哭了。

回覆的留言數從一百則瞬間突破一萬則，越來越多人提到自己受過救援基地的幫助，還有人說到免費發放的防霾口罩，以及可以廉價換取的磚石……

不說不知道，救援基地原來默默地為百姓們做了這麼多啊。

這下不僅一六八基地，其餘一百六十七個基地也跟著人氣高漲，末世的困窘沒能擊垮這個國家的團結意志，反而讓人心空前地凝聚了起來。

間諜們吃了這麼多次閉門羹，本來以為混入基地的任務肯定沒戲了，打算趁離開之前至少搞臭這些救援基地的名聲，沒想到峰迴路轉，機會來了。

可能是為了效果逼真，五十六個間諜反應不一。有人陰陽怪氣地感恩，「謝謝，謝謝，終於有一個救援基地願意收留我們這些老不死的了。」

有人慚愧地擺手，「不了不了，我們知道自己是一群廢物，怎麼能給基地添麻煩，就讓我們自生自滅吧。」

溫思睿冷笑，剛想開口嗆人，嘴巴卻被應准搗住。

隨後便聽應准擲地有聲地為基地正名，「國家不會拋棄任何一個民眾，救援基地也不會對需要幫助的人坐視不管。只要你們是四季的一分子，我們的大門就永遠為你們敞開。」

文舞心中默默補了句：可惜你們不是，嘖。

不久後，俞不宣接到命令，開著綠皮火車將這群老人送回基地……附近的一處無人區。

提前收到消息的基地軍民馬不停蹄，合力為這些間諜準備好了單獨的去處。他們一來就戴上腳銬，被嚴密地看守了起來。平時沒事修補一下農具、縫製一批防霾口罩什麼的，既可以換取食物，又能同時進行教化，一舉多得。

間諜們：「？」

他們無論如何也想不明白，對手是怎麼精准地挑出那唯一一個正常老人的？

同樣的疑問，此時被單獨請到基地司令室的老人也有。「真沒想到，這五十六個間諜居然用我一個人來做掩護，腦洞真大。不過，你們到底是怎麼確定我沒問題的？」

換位思考，他甚至覺得自己才是問題最大的那個。

溫司令笑了笑，看向文舞。

文舞迫不及待地想要驗證一下她的曠世傑作，熱情道：「這位老爺爺——」

「不好意思，有件事我必須提前說明。」老人尷尬而不失禮貌地打斷她，一臉歉意道，「我不能欺騙你們。我其實只有十九歲，是為了想跟著他們一起被收留，才裝成老頭子的。」

眾人意外。許諾湊上去打量他片刻，看著他滿臉逼真的皺紋，豎起大拇指，「兄弟，你這化妝術太厲害了！」

「……沒化妝，素顏。」

眾人再次意外。心想：你長得也真抱歉啊。

文舞：「現在就流行你這種成熟穩重的，一看就覺得很可靠。」

這位比文舞還小一歲的「老人」聞言羞澀，「你們好，我叫馬梓，謝謝你們願意相信我，還帶我回來。」

溫思睿不解，「你這麼小，避難所沒道理不收吧。」

馬梓傷心一嘆，「其實我之前也跟不少人說過實話，但是他們都不相信，還說我都一把年紀了，要穩重一點，別裝年輕了。」

大家：「……」

真是聽者傷心，見者落淚。

許諾趕忙道了個歉，然後誠心誠意地誇一句，「別難過，至少你頭髮茂密，還是很符合你實際年齡的，比我們幾個好多了。」

馬梓這下真的哭了出來，崩潰地拿掉假髮，「職業病，頭髮早就掉光了。」

文舞替人尷尬的毛病都要犯了。

見許諾不失禮貌的表情快要裂開，她主動開口替大家解圍，順便問出了她最關心的問題。「馬梓，你現在拿筆寫東西，試試看能不能出水。」

馬梓不解，但他非常珍惜留在這裡的機會，聽話地接過應准遞來的炭筆，在石桌上隨意寫了一段話，遣詞造句極為繁瑣華麗。這一點，從文舞竟然有兩個字不認識上就能看得出來。

下一秒。

眾人只聽「嘩」的一聲，大量的水從這支平平無奇的炭筆筆尖上冒了出來，瞬間淹沒了整間屋子的地面。

文舞激動地握住馬梓的手，「太好了，果然是灌得一手好水，以後基地的日常用水就靠你了！」

末世論壇（春季，四月十五日，陰）。

因為上一章多更新了末尾，文舞第一次在沒有更新的情況下，在末世裡度過了十多天。跟著救援隊訓練，緊急出任務救人，尋找被埋在黃沙下的資源，她輪番跟著應准和俞心照的隊伍，短短半個月的經歷真是精彩又驚險。

當然，因為沒了修改劇情的外掛，她的潛能被徹底激發，戰鬥力也在多次和變異獸的殊死搏鬥中飛速提升。如今看著她揮刀追著變異獸滿地跑，誰能想像得出她曾經為了殺一條被麻醉的變異蟒，就變得又暈又吐的失態模樣？

進步的不只有她，徐欣怡樂善好施的名聲如今已經傳遍附近的避難所，蔣之田進化後越發強大的控火異能也征服了更多幫手。

沒有作者的人為推動，每個人都在以自己的方式努力生存。

這一點從論壇上那些個人發布的貼文內容就可以看出來。

以前都是各種求助、求收留、沒吃沒喝快餓死、怨天尤人絕望無助，現在卻是——

【誠信交易】想要香皂之類的清潔用品，可用麵包、防霾口罩交換。

【低價處理】找到一批童裝，新的，各種尺碼。被子枕頭優先交換，其他寢具也可。

【找工作】流民異能者，承接救援基地、避難所和個人的各種任務，報酬為食物。

【組隊探索】四人小隊三缺一，需要會認路、方向感好的，資源均分有保障。

畫風轉變的背後，是人們在末世中重新拾起了努力生活的希望。

文舞一邊刷牙一邊瀏覽貼文，如果發現有自己感興趣的東西，就會特意標記一下，稍後在樓中回覆，和發文者進一步溝通。

如今一六八基地的軍民人人有工作做，每週一還可以領一次工資。

有時是新發現的米飯麵條，有時是雜七雜八的生活用品，偶爾遇到救援隊空手而歸的情況，還可以用隨身空間裡產出的藥材來抵扣。

整理好自己時，時間剛好到了九點整。她久違地召喚出文章頁面，很快便看到了最新的章節——『第二十二章、將計就計』。

『蔣之田的避難所飽受一群變異電鰻的困擾，傷患驟增。有人嫉妒徐欣怡不知道從哪裡找到的大量藥材，趁機道德綁架，逼她無償捐獻出來供大家使用。』

文舞看得來氣。憑什麼要白送，徐欣怡是你媽嗎？

因為每天帶基地的「NPC們」出入空間勞作，她已經和徐欣怡慢慢熟悉了起來。

經過這段時間的相處，她發現黑心蓮其實人品不壞，就是上輩子下場淒涼，重生後才變得稍微自私、冷漠一點。這不過是一個傷心人的自保手段罷了。

女孩子再不理解女孩子，難道指望某些負心漢、普信男嗎？

文舞常在想，如果主角不曾受情節支配，而是有完全獨立自主的意志，當初救援基地面臨覆滅災難時，她會不會像現在一樣，即使有些私心卻依然出手相助呢？

她繼續看下去，期待徐欣怡如何回嗆打臉。

『人生回來，徐欣怡早就不是那個任人欺負的傻子了。不管這些跳梁小丑說得如何天花亂墜，她照樣左耳進、右耳出，認真算她輸。

『林小媛和蔣之田末世前就是大學同學，對他頗有好感。之前最討厭的人是嬌滴滴的千金大小姐文舞，誰叫她總仗著自己是蔣之田的青梅就頤指氣使。後來文舞死了，她又因為在意蔣之田對徐欣怡的額外照顧，對這個新來的不滿已久。

『她趁機落井下石，「徐欣怡，妳是我們救回來的，救命之恩就是這麼報的？況且做為避難所的一分子，就算是妳獨立發現的藥材，那也應該上交七成，這是默認的規矩。」』

文舞拳頭硬了，要不是沒機會，她保證一秒殺到小說留言區瘋狂起舞。

好在黑心蓮的心夠黑，沒讓她失望——

『徐欣怡記得上輩子也有這一齣。當初的她雖然不情願，卻說不出拒絕的話，老老實實地告訴大家隨身空間的存在，結果可想而知：一個有寶貝、沒脾氣的軟柿子，誰不想捏兩下？

『但是再來一回，想欺負她可沒那麼容易了。徐欣怡在心中輕喊一聲，「阿舞，妳醒著嗎，想請妳幫我一個忙。」』

文舞眨了眨眼，瞬間狂喜。作者肯定想不到，她有一天居然能舞到正主面前！

眼前一晃，她人已經出現在隨身空間裡，身上碧綠的桑葉裙襯得皮膚白皙有靈氣，看著還真像那麼回事。文舞演技全開，一副睡眼惺忪的表情懶洋洋道：「我在，妳說。」

一個是器靈，一個是隨身空間綁定者，只要文舞「醒著」，也就是進入空間，兩人就可以隔空交流。

徐欣怡的聲音從空中幽幽傳來，「抱歉，需要麻煩妳一下。幫我準備今日份出產的藥材，待會我走到避難所後門那株仙人掌附近會叫妳，妳就趁機把東西埋進去，記得別埋太深，最好故意留一絲破綻。」

哦，原來是讓她挖坑。就是不知道，這坑裡最後埋的到底是藥材還是人了？

文舞當即應下，從勞作的「NPC」手中領了足量的藥材，等到徐欣怡一聲令下，她一個輕盈的旋身出現在仙人掌旁，桑葉裙自動變回了她先前穿的便服。

徐欣怡：「?!

「妳，居然能離開空間了？我以為妳會直接把東西變進去。」

文舞：「……」

糟糕，玩太大了。

到底是第一次假裝成器靈，沒經驗，她以為要自己出來親手挖地，出來時還特意跟

NPC借了把鏟子呢。不過，這也是個意外之喜，看來以後只要進入隨身空間，就可以直接傳送到徐欣怡所在的地方，也跟瞬間移動差不多了。

文舞：不慌，就這點場面，看我舞起來。

她抬頭挺胸，一本正經地糊弄道：「因為空間即將升級，我的能力也隨之增強。剛才好奇試了一下，沒想到真的出來了，不過還是只能借用這個形象。」

徐欣怡不疑有他，畢竟真正的文舞已經不在了。想到自己日後有個隨叫隨到的火靈當幫手，遇到變異獸還怕什麼，一團天火就將牠們燒個精光，計畫通。

聽到有凌亂的腳步聲追過來，徐欣怡連忙囑咐道：「我把人引開，妳埋完了就躲回空間裡，千萬別被人發現了。」

文舞點頭，往高大肥厚的仙人掌後面側身一躲，目送她往相反的方向跑去。

蔣之田等人追來，剛好看見一道背影，十多個人說著悄悄話，快速跟了上去。

文舞爭分奪秒地挖了個沙坑，將準備好的藥材一股腦地塞進去，而後鏟幾鏟黃沙，虛虛一蓋，還特意留了一截嫩綠的枝葉露在外頭。

搞定收工，凌亂的腳步聲再次往這邊折返。

她試著在心中念了聲「進」，順利地回到空間裡，「我這邊可以了，妳自己小心。」

彼時，徐欣怡累得上氣不接下氣，聽到文舞的傳音，腳步一頓，原地站住休息，任由蔣之田等人追上來。

蔣之田不解，「突然跑什麼，嚇我一跳。妳放心，東西是妳來避難所之前得到的，不用上交。只要妳不願意，誰也不能勉強妳做任何事，這點我可以保證。」

徐欣怡並不意外蔣之田會站在自己這裡，他這人除了大男人主義了一點，大致上還算正派。她平復了氣息，焦慮道：「不是，你誤會了，我很願意把剩下的藥材拿出來分給大家，可之前我明明將東西埋在牆角，剛才一看居然不見了。」

眾人一聽，懂了。難怪她會急成這樣，滿避難所地亂跑，換成是他們丟了那麼一大批藥材，恐怕會恨不得原地飛起來。

有了徐欣怡剛剛的話，這批藥材就算是避難所的集體資源了。大家立刻分頭幫忙尋找，一個比一個還積極。

唯獨林小媛，目光閃爍不定，臉色發白。

很快就有人發現仙人掌旁邊裸露的綠葉，還調侃，「是欣怡自己記錯地方了吧，虛驚一場。」

「我就說吧，我們避難所待遇這麼好，怎麼會有人手腳不乾淨。」

「不對啊，挖快一點，繼續往深處挖——你們看，下面不是我們丟失的那批武器嗎？」

「我靠，還有好多糧食，都發霉了！」

群情激動，沒一會兒就挖出一個大沙坑，裡面吃的喝的用的，應有盡有。

徐欣怡餘光掃到林小媛越發崩潰的神色，勾了勾唇角。

上輩子林小媛監守自盜，後來擔心會暴露，於是計劃將這事栽贓給徐欣怡，害得她百口莫辯。明明用隨身空間的東西供養著整個避難所，大家私底下卻對她嗤之以鼻。

這次有文舞幫忙，正好讓她自食其苦。

蔣之田一見就知道避難所出了內賊，再篩選幾個負責看管倉庫的人選，快速鎖定了一臉慌張的林小媛。看在老同學的分上，他沒當眾說什麼，轉而對徐欣怡笑道：「謝謝欣怡，不僅幫大家解決了藥材問題，還順帶找到了這麼多資源。」

徐欣怡謙虛地擺手。

蔣之田看著那些新鮮得彷彿剛摘下的草藥，心中一動。「因為變異電鰻頻繁偷襲，我們最近急缺藥材，妳那邊如果還有其他存貨，可以再調度一批出來嗎？」

徐欣怡本能地心生警惕，然而冥冥中有股力量促使她打消顧慮，笑著點頭，「好——」

『「好——我捐。

『「畢竟在場的各位都是同伴。」

『蔣之田原本是想試探她一下，沒想到她這麼信任自己，溫柔又顧大局，實在讓人忍不住心動。』

隨身空間內，文舞盯著後面的劇情，一口老血差點噴了出來。

「噗哈哈哈，心動得看病啊，那是竇性心律不整，熬夜熬來的哈哈哈。」她一邊笑一邊握住浮空的光筆，快速問道：「妮妮，我還有多少貢獻點？」

「宿主還有七個貢獻點，但本系統必須提醒妳，女主角是按照作者的安排在走愛情線，妳這樣會推遲男女主角的戀愛進度。」

文舞對此表示不贊同，「你不懂，男人只會影響女主角拔刀。再說這感情說來就來，直接讓黑心蓮智商降低，太不合理了。」

「作者的感情線一向生硬，用她的話說就是：隨便亂寫。」

文舞：「……」

現在不是聊天的時候，她當機立斷將「我捐」改成「個屁」，「同伴」改成「垃圾」。

下一秒，就聽到空間外面話說一半的徐欣怡繼續道：「好——個屁。」

眾人：「？」

徐欣怡愣了愣，下意識地解釋了句，「畢竟在場的各位都是垃圾。」

眾人：「……」

同伴道德綁架在先，徐欣怡毒舌回嗆在後，聽起來似乎沒問題。然而徐欣怡自己明白，這裡頭的問題可大了。

不知道為什麼，方才她感覺自己的腦子和嘴完全脫離，各做各的，好像接受了不同的指令一樣。難道有精神系異能者在操控她？

這個念頭在腦中一閃而過，隨即被否定。

上輩子的確有這種異能者，恰好是蔣之田擴張勢力的勁敵，但那個人要到第三次天災以後才會覺醒能力，現在還不知道在哪裡苟活呢。

想不明白便暫時放下，徐欣怡沒興趣難為自己，轉而回想起她剛剛的話，忽然覺得十分暢快。翻把恩人當仇人，既然心裡不舒服為什麼要忍？

上輩子她就是這麼委屈死的，早就該這麼明說！

徐欣怡的心境悄然發生了一絲變化。外人雖然看不出什麼，她自己卻覺得身心一輕，好像有什麼長期以來桎梏住她的東西鬆動了。

面對被她突然翻臉嚇傻的同伴們，她抱歉地點了點頭，「不好意思，一不小心說了實話。」

蔣之田一句「沒關係」卡在喉嚨，瞪大眼睛，不可思議地看向她。

他心裡一震，莫名覺得有什麼事情要失控了。這是異能者獨有的第六感，靈驗得不得了。

難道是他們黑臉白臉輪番唱和，惹惱了她？

也對，再好的脾氣也受不了被人這麼玩弄，老好人生氣起來，有時候會更嚇人。

其實他也不想這樣，只是避難所算上他，才一共四個異能者，那些變異電鰻的偷襲又毫無規律、防不勝防，受傷的人實在太多，藥物缺口太大了啊。

事到如今別無他法，只能移禍江東了，蔣之田暗自一嘆。

救援基地的異能部好歹有八個成員，但願他們堅持得住，幫這邊分攤一半火力。

隨身空間裡，文舞伸手托住差點掉地上的下巴，小聲嘀咕，「這句是黑心蓮自己說的，可不是我改的。」

系統卻沒這麼容易被糊弄過去，一針見血道：**「宿主，妳前段時間那麼努力地和黑心蓮打好關係，難道是在和作者搶女主角？」**

文舞無辜地搖頭，「我沒想那麼多，就是笨鳥先飛，想多點朋友、少點敵人而已。我要保住基地，作者要讓基地覆滅，等她收到投訴結果，發現帳號沒被盜，一點一點順著前面的劇情猜到我身上，我的好日子豈不是就要沒了？

「不飛的才是笨鳥，先飛的沒一個是笨的。」文舞嘿嘿一笑，沒繼續反駁下去。

而後，她看著忽然變動的後續劇情，心底一陣訝然──

『徐欣怡原本想順勢告訴蔣之田隨身空間的祕密，謀求合作，一個資源輔助、一個異能輸出，兩人可謂相輔相成。但見盜竊的證據確鑿，他卻為了林小媛的顏面隱忍不發，還反過來試探自己，不由得地覺得沒意思。

『算了吧，她想，誰說女孩子不能自己在末世做出一番事業，一定要靠男人才做得到？正好文舞已經可以離開空間了，火靈的控火能力不比蔣之田厲害嗎？她們倆聯手，才是真的天下無敵。』

文舞：「！」

這個可以！

不過不是聯手稱霸一方，而是合力造福天下，來一段熱血感人的末世雙嬌傳說！

她激動道：「黑心蓮這個想法真好，跟我想的不謀而合，就讓我們將這個故事譜寫得可歌可泣！」

系統：**「……妳們歌，作者泣嗎？」**

毫無預兆地，避難所再次受到上萬條變異電鰻的偷襲。

這些傢伙不喜水，反而將黃沙當做沙海一樣，在裡面鑽進鑽出、游來遊去，時不時還會躍出地面，刷一下存在感。這正是牠們最為棘手的一點，電完人就鑽入沙地，滑不留手，根本沒辦法捕捉。

蔣之田迅速組織所有人禦敵，哪還有空再計較徐欣怡的那番不客氣，至少她實實在在地拿出了那麼多藥材，幫了避難所的大忙。

他們被電得集體跳霹靂舞時，事先得到命令的青年開著卡車一路疾馳，硬是衝出了變異電鰻的包圍圈，半小時後便抵達救援基地。

青年一邊往門口跑，一邊高喊：「求救，求救！避難所被大批變異電鰻圍攻，這次敵人數量太多，我們恐怕堅持不住了，求救援隊幫幫我們！」

有丁萬里站崗，一早就發現了這人的蹤跡，許諾領命在門口等著。

本來想問問有什麼事，是買磚還是換棉花，不料老遠就聽人喊救命，再一看來人——

呵，這不是上次沒給她好臉色，還跟她搶變異蚊子的那個討厭門衛嗎？

青年同時也認出她，神色尷尬。風水輪流轉，沒想到他造的孽這麼快就要反噬自身。以己度人，這女的肯定會給他下個馬威，甚至跟他當初一樣，直接拒絕傳話。

這下糟了。蔣老大料定救援基地不會袖手旁觀，這才沒提前撤離，而是選擇和這群變本加厲的變異電鰻硬碰硬。變異電鰻記仇，只要救援隊來幫忙，勢必會引走至少一半的敵軍。

換句話說，他這是策劃了個極為不要臉的陽謀。

說是陽謀，是因為蔣之田交代過青年，必須要和溫司令等人說實話，甚至要重點強調變異電鰻的記仇特性。但他吃定了這些人愛國愛民的崇高精神，絲毫不擔心他們會拒絕。

青年一瞬間想了很多，聽到許諾說「等著，我這就去彙報」時，他想也不想，脫口而出地指責一句，「妳們女人怎麼這麼愛記仇，這可是人命關天！」

然後看著已經跑遠的挺拔身影，他撓了撓臉，尷尬地無地自容。

丁萬里從高臺上衝著他「咳，呸！」了一陣。

一旁正在掃地的衛竹子加大了力氣，掃得附近飛沙走石，轉眼就將門口求助者的半截身子埋入黃土。

「入土為安，閉嘴吧你。」

軍人之所以為軍人，就是因為災難來臨之際，他們明知有危險，為了家國百姓，仍會義無反顧地衝在最前面。

當應准親自帶救援隊趕到避難所時，哪怕心裡早有預料，蔣之田看著他們堅定的目光、勇往直前的氣勢，還是隱隱動容。

但他並不後悔自己的所作所為，避難所的人相信他、跟著他打拚，他自然也要護住他們。身為這群人的老大，他一樣有自己的堅持和信仰。

不需要過多的言語交流，應准幾個簡單的手勢一出，百人救援隊立即分成五人一組的二十支小分隊，一半的人迅速加入戰鬥，另一半人針對持續受到攻擊的傷者展開救援。

因為每章劇情只能改動一處的限制，文舞沒辦法抄捷徑。不過即使不開掛，如今的她一樣可以以一當三，反應敏捷、身手乾脆俐落，混在救援隊中絲毫不起眼。

這直接導致無論蔣之田還是徐欣怡，都沒能第一時間在一片混亂中注意到這個熟人。

戰鬥持續了整整一夜，於次日天明結束。文舞累癱在地，不在乎地擦了擦臉上的血，剛要瞇一會兒，卻意外聽到了系統的美妙播報聲。

「恭喜宿主成功擊殺第一百隻變異獸，系統自動升級，妳的修改許可權從『每章可修改一句話』，變為『每章可修改兩句話』。」

文舞欣喜不已。以前她是貢獻點不夠用，現在戰鬥力提升上來了，卻是修改許可權太低，舞不起來。這下可好，心有多大，舞臺就有多大！

不遠處，蔣之田後知後覺地認出自己「早逝的青梅」。

格子襯衫，牛仔褲，這打扮過於眼熟。

難怪他遣人去基地打聽，卻始終得不到有用的消息，原來真的是文舞。她一定是怨他們當初弄丟她還裝作沒發現，所以才故意不聯繫的吧。

蔣之田一面控火、擊退零星從地底跳出來偷襲的變異電鰻，一面靠近累得癱坐在地的文舞。她沒注意到身後來人，而是專注地更新著頁面。

論壇時間九點整，新章節定時更新——『第二十三章、陰謀陽謀』。

「一場激戰過後，蔣之田終於發現了「死而復生」的文舞，他懷疑她在第二次天災時覺醒了異能，想說服她回到自己身邊幫忙。

『犯了錯的林小媛這一次將功抵過，憑藉著一手好槍法，多次幫蔣之田清理掉偷襲者。本來以為自己穩了，不料早該墳頭長草的文舞居然毫髮無傷地出現，還成了避難所的恩人。林小媛看穿蔣之田往回勸人的意圖，拈酸吃醋道：「之田，你自己念舊，人家文大小姐可是喜新，沒看應隊長全程在她附近守著她，說不定早就綠了你不知道多少回了。」

『蔣之田皺眉，「別亂說，我們是從小到大的好朋友，就算是戀人——」

『他一副信任她的模樣，轉頭看向文舞，「妳自己說，妳真的會綠我嗎？」

『文舞笑了笑，「是的，我會。」

『……一番不愉快的溝通後，昔日青梅竹馬不歡而散，文舞和救援隊的人撤離。殊不知，黃沙底下，所有的變異電鰻都悄然跟了上去。』

文舞：「……」

一句髒話都無法表達她心中的震撼。她默默道：「妮妮，你跟我說實話，作者是不是發現我在搞鬼了，成心想用男主和這群變異獸讓我感到噁心呢？」

「宿主稍等。」系統消失片刻，回道，**「投訴結果還沒出來，作者翻閱前文，發現文舞沒死，空間器靈的名字也不對勁，她以為盜她帳號的人是故意想讓她覺得噁心，所以寫這章內容時，夾帶了點私心，想捉弄回去。」**

文舞：「……」

怕不光是要捉弄回去，還要讓這個「文舞」在和變異電鰻的戰鬥中光榮犧牲吧？

幸虧她和變異電鰻廝殺了一整夜，雖然大多數都讓牠們溜掉了，但貢獻點應該也賺了不少。文舞輕咳一聲，向應准打了個寫字的手勢，應准立刻帶隊將她圍起來，確保周圍的人看不清她的異常行為。

許諾還大剌剌地加了句，「妳衣服破了也不早說，我有帶別針，趕緊別好。」

避難所的人本來好奇地看過來，聞言立刻尷尬地別開頭。

人家剛救了他們，衣服破了也是為他們破的，這點尊重必須要給。

人牆中，文舞朝許諾豎起大拇指，一隻手假裝接過別針，另一隻手趁機握住光筆，將「綠我」改成了「綠化」，「電鰻」改成了「電纜」。

——真正的勇士，狠起來連自己都不放過。

07

第七筆

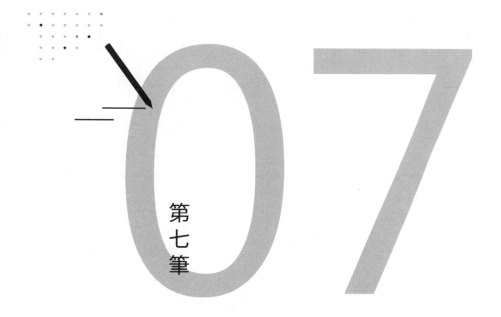

蔣之田身為異能者，當然沒有這麼好騙。

他覺得自己不是外人，加快腳步上前。林小媛見他這麼不禮貌，人家女孩子整理衣服他還衝上去，難不成是想幫忙嗎？

一氣之下，她衝上去將人攔住，間接幫文舞爭取了時間。

下一秒，應准等人散開，三個人開始照著劇情走，和文舞看到的一模一樣。

聽完林小媛的挑撥，蔣之田皺眉道：「別亂說，我們是從小到大的好朋友，就算是戀人——」

為了挽救友情，多一個助力，他一副信任的模樣，轉頭看向文舞，「妳自己說，妳真的會綠化嗎？」

說錯話的蔣之田：「……」

文舞難掩激動地握住他的手，無比誠摯道：「是的，我會。」

緊接著，她試著伸手指了指腳下，「不信你看。」

說話間，以她所指的點為圓心，方圓一公尺的黃沙忽然變成了溼潤的泥土，青草破土而出，其間還點綴著小小的紫花。

文舞：「！」

男主角光環真好用，基地的百姓終於有地可種了！

看著憑空冒出來的綠地，蔣之田震驚的同時，打消了剛剛冒上心頭的懷疑。

文舞應該是第二次天災時幸運覺醒了，而每個人只會覺醒一項異能，看樣子之前看到的那個、疑似能控制別人意識的異能者並不是她。

不過，在滿是黃沙的末世裡，擁有綠化異能是多麼得寶貴，他無論如何也要說服文舞，讓她——「她人呢？」

蔣之田沉浸在自己的思考中，反應過來時，應准等人已經護著文舞，上了卡車。

他立刻追上去想留人，許諾卻一腳油門催下去，留給他一肚子的廢氣。

看著跟在卡車後方跑步撤離的救援隊其他人，林小媛不滿，「雖然幫了忙，但他們是不是太傲慢了，不說一聲就走。」

蔣之田冷哼，「那群變異獸那麼愛記仇，接下來有他們好看。等著吧，他們很快就得回來跟我們求助的。」

大不了秋後算帳，文舞的能力他勢在必得。

殊不知，此時此刻，黃沙地下正有成群的變異電纜追著救援隊離開，文舞坐在卡車車斗裡，盯著飛速倒退的沙地傻笑個不停。

應准回想起之前有隻狡猾的變異電鰻電得她渾身抽搐，實在不放心，伸手摸了下她的頭，「是不是傷到哪了，等等回去讓思睿幫妳檢查一下。」

文舞見他不像是在開玩笑，半假半凶地瞪了他一眼。「我是開心的。基地的日子越來越好，也到了該通電的時候了。」

應准：「！」

雖然不知道發生了什麼，但根據長期積累下的經驗，先震驚就對了。

救援隊一行人趕回基地，因為丁萬里的提前通知，護士長趙愛琴已經帶人在門口等著了。經過一段時間的培訓，負責照看輸血蚊子的二十人早已脫胎換骨，熟練地替傷患消毒包紮，嚴重的立刻輸血上藥。

一切都進行得有條不紊，傷患們還有心情互相開玩笑。

「你那段霹靂舞跳得特別強勁，如果是在末世前，說不定能紅。」

「還是你跳得更專業，全程都沒怎麼停過。」

應准：「……」

他手下的這些人，最近是不是越來越活潑了？

他下意識看向疑似「罪魁禍首」的文舞，發現她下車後一動也不動，還盯著腳底下的黃沙看。難道這麼看就能讓基地通電嗎？

好像的確有誰說過，文舞的一雙大眼睛電力十足……

原諒他異想天開，怪只怪文舞每次出手都比他想的還要誇張好幾倍。

不一會兒，文舞忽然神神祕祕地朝應准招手，指著腳底下，小聲道：「來了來了，快叫人挖開這裡，下面有好東西。」

應准立刻向附近的隊友打手勢，只要不是正在輸血不能動的，都立刻悄無聲息地圍上來，手持掃帚、鏟子、簸箕之類的工具火速開挖。

伴隨第一根變異電纜被挖出來，越來越多的變異電纜一齊湧現。

溫思睿帶領研究部的成員隨後趕到，小科學家們戴著絕緣手套，手持精密儀器，將這些魚形長條狀物體裡裡外外地檢查一番。

檢查結果令所有人心中狂喜。

溫思睿笑著向溫司令彙報這個好消息，「這些電纜自身會發電，彼此可以靠牠們獨有的電波連通。只要定期投餵蟲子、海草之類的食物，牠們就能持續為基地提供充足的電力。」

路過的老劉聞言愣住，「我們這是要通電了？」

末世啊，不僅有吃有喝有網路，居然還能通電，有這種好事？

老人家搖頭晃腦地叨念幾句，忽然哈哈大笑，轉身顫顫巍巍地往基地裡跑，邊跑邊敲鑼大喊：「好消息，基地要通電啦！好消息，通電啦！」

手頭空閒的民眾紛紛跑到基地門口看熱鬧，需要的時候便主動上前幫忙。

人多力量大，上萬條變異電纜很快被挖出來，總共一百六十八個國家救援基地，每個基地根據周邊地勢分配五十至一百條。從此不論黑夜有多漫長，他們都能擁有光明。

論壇上，確切的消息一發出，立刻引發轟動。

【好運來歌曲接唱】好運來、祝你好運來，好運帶來了喜和愛～
【我會】好運來、我們好運來，迎著好運興旺發達通四海！
【對不起我哭著唱出來了】疊個千紙鶴，再繫個紅飄帶……

論壇首頁的招工組隊資訊迅速被這首膾炙人口的歌詞所覆蓋，雖然只有文字，但它一點也不蒼白。所有人的耳邊都自動回想起那數百年過去，依舊耳熟能詳的旋律，有人開心地哭，有人激動地笑。

防霾的口罩。

蓋房的磚石。

便捷的網路。

充足的電力。

末世雖然可怕，但國家卻無比頑強，哪怕在一片黃沙上從零開始，也能像現在這樣，帶著大家把日子過得蒸蒸日上。

一號基地的最高領導人聽完彙報，親自上論壇看了溫司令發的文章，沉默許久後才感慨一嘆。「一六八基地因為地處偏僻，交通不便，一直以來分到的救災物資最少。你之前還擔心他們有怨言，現在放心了吧？」

勤務兵慚愧地低下頭，「是我太狹隘了。這次的變異電纜來之不易，據說是那位應隊長帶人殺了一天一夜，大伙們拿命拚回來的。本來找到的物資各個基地都有權自行處置，如果賣給那些避難所，肯定能換到不少東西。沒想到他們上次磚石還要求交換，這次卻無償分給我們。」

「窮者獨善其身，達則兼濟天下，溫鶴的確是這個性格。」

整個四季的老百姓都知道，自從逮住一群稀有的噴磚獸，現在論生活條件最好的基地，肯定非一六八莫屬。

最高領導人似是回憶起什麼，微微一笑，「你是沒見過他以前護短的樣子，一點虧都不肯吃，蠻橫起來沒人攔得住。也就是上了年紀，用那張慈眉善目的臉騙騙小孩子罷了。」

勤務兵訝然。他一直以為溫司令是被一群老狐狸排擠到環境最惡劣的邊境，但這下聽起來就不像了啊。

最高領導人看穿了他的疑惑，卻沒多做解釋，轉而道：「你說的應隊長，就是上次過來彙報工作的應准吧，那個年輕人不錯。」

勤務兵立刻跟著點頭，「上次他來，被我們高隊長認出來了。據說是特戰隊個人十項全能連續三年的第一，是戰鬥力的天花板，末世後自願跟著溫司令去了最困難的基地。」

最高領導人笑而不語。

應准個人的能力固然不錯，但他想說的是，這個年輕人運氣真不錯，隨便就能撿來一個末世難得一見的頂級預言異能者。

改變未來啊，想必這奇跡般的變異電纜，就是出自那個小姑娘之手吧？

「啊嚏，啊嚏。」文舞連續打了兩個噴嚏，懷疑是不是蔣之田在叨念自己。

不過她已經第一時間去了隨身空間，告訴徐欣怡她決定出來和她一起闖蕩，用的就是文舞的身分，所以並不怕被揭穿。

一個負責在避難所積累人脈，另一個去救援基地打下根基，兩人還能通過空間隨時交流，這個安排聽起來極為合理，徐欣怡自然表示贊成。

√身分洗白。

當晚，俞不宣駕駛著綠皮火車到全國各地運輸變異電纜時，一六八基地也在全體軍民的努力下正式通電。第一盞昏黃的燈泡亮起的剎那，整個基地的人一齊歡呼了起來。

曾經分配到手、卻只能當個擺設的電子產品也一下子成了搶手貨，沒十個肉鬆麵包絕對換不到的那種。

一片喜氣洋洋中，溫司令又宣布了一個好消息。「大家不是一直好奇我們文隊長的異能到底是什麼嗎？為了慶祝一六八基地在全國範圍內第一個通電，她決定現場為大家展示一下。」

這是他們一起商量出來的主意，日後就讓文舞以綠化異能者的身分示人。

除了溫司令爺孫、應准、俞心照姊弟倆、以及已經對文舞心服口服的八個異能者，不會再輕易將她真正的能力外傳。所以說，綠化異能出現的時機其實恰到好處，在將文舞帶到眾人面前的同時，反而能將她真正的祕密隱藏起來。

文舞展示著她這週的工資——一件漂亮嶄新的白襯衣，煞有介事地走到人群最前方，伸手往地上一指。

一眨眼，以她所指的點為圓心，方圓一公尺的黃沙忽然變成了溼潤的泥土，碧綠的青草破土而出，可愛的小紫花接連綻放。

百姓們彷彿在看變戲法一樣，嘖嘖稱奇，熱烈的掌聲久久回蕩在基地上空，就連丁萬里也忍不住被這一抹新綠所吸引。在末世，除了荒漠上偶爾可見一株仙人掌，剩餘所有植物都長在原始森林裡。像這樣既不會罵人，又不會咬人的植物實在難得。

緊接著有人反應過來——

「等等，有了綠地，我們不就能自己種糧食種菜了？」

「太好了，我那邊還留著上次的黃瓜籽，正好能拿出來下種！」

「我這裡有馬鈴薯跟胡蘿蔔，誰會種就拿去種。」

一群人聊得熱火朝天時，在無人關注的黑暗裡，兩個小毛賊鬼鬼祟祟地靠近基地。

丁萬里的千里眼自帶紅外線夜視功能，餘光一掃就發現了問題。別看他跟著看熱鬧，對自己的崗哨工作可半點都沒有含糊！

為了避免驚動基地外的小毛賊，丁萬里立刻朝距離他最近的陳留打了個手勢，陳留便一溜煙跑到文舞身旁，附在她耳邊小聲彙報。

文舞聽說是有人來偷變異電纜，而不是偷別的，頓時鬆口氣。淡定道：「不用管，讓他們隨便偷。」

眾人：「？」

一群人好奇得難受，得了應准的默許，偷偷摸摸地靠近取代柵欄砌起來的磚牆，扒在邊上圍觀那兩個小毛賊。只見那兩人穿著胡亂拼湊出來的矽膠絕緣衣，正一根一根地將佇立在黃沙中的變異電纜拖拽出來，疊在一起準備裝上車帶走。

起初他們還小心翼翼，生怕鬧出動靜、暴露行蹤，後面卻漸漸地放開膽子，動作越來越快。兩個貪心鬼廢了九牛二虎之力，拔了基地三分之一的變異電纜，終於不捨地收手，打算走人。

圍觀的軍民一起看向跟他們一起看熱鬧的文舞，見她依舊搖頭示意別理，大家才放下心繼續看。

兩個小毛賊得了手，不再掩飾，騎著他們的三輪摩托車火速開溜。

陳留撇嘴，「就這龜速的確沒什麼好擔心的。給我十秒，我不僅能超過他們，還能來回跑個三趟。」

大家聞言哈哈大笑，剛想問文舞到底有什麼打算，就聽丁萬里大喊一聲——

「我靠，那些變異電纜太神了，半路自己跳入沙地裡，一路往回游，現在一根根全都自己歸位了！」

應准挑眉看向文舞，「妳幹的？」

文舞衝著他擠擠眼，「變異電鰻記仇啊，昨晚避難所的人有意後退，留下我們在前頭撐著，恨我們恨得不得了。牠們現在認定基地的人，別的地方哪也不會去。」

應准：「……」

很好，不怕賊偷，更不怕賊惦記了。

看完兩個小毛賊鬧笑話，大家的注意力重新回到文舞的異能上面。

文舞也不矯情，繼續施展她的環保異能，點沙成綠地，樂此不疲。

異能是好異能，可惜範圍有限，每次只能改造一平方公尺。

連續使用十次後，她只覺得腦中一陣針扎般的刺痛，眼珠一翻就暈了過去。

應准及時將人接住，把這十平方公尺的寶貴綠地交給了自告奮勇的老劉打理，而後匆忙送文舞回屋休息。

翌日，睡得稀里糊塗的文舞睜眼嚇了一跳。

「俞隊長，妳的臉怎麼整成跟應隊長一模一樣的了？雖然挺好看的，但不適合妳啊。」

因為擔心她出意外，特意留下照看的應准：「……」

「小豆的火車在避難所附近被一群變異公雞攔住，俞隊長帶人去支援了。」他刻意模糊其詞，好像夜裡守在這的是俞心照，他只是提前來換班了而已。

文舞沒有多想，看了看時間，九點五分，她連忙更新文章頁面——『第二十四章、變異動植物發狂』。

『蔣之田、徐欣怡等人一夜沒睡好，因為避難所外有一群變異公雞，一直沿著同一條路線跑來跑去，每隔一段距離就尖聲鳴叫，吵得大家苦不堪言。

『聽到有人鳴槍示警，兩人急忙趕出去，發現原來是體型碩大的變異公雞堵住了救援基地的綠皮火車，對方派了人前來支援。』

文舞如今對劇情漏洞的靈敏度，就如同商人總能以最快的速度嗅到商機。她瞬間沒了睡意，握住光筆迅速將「公雞」改成了「公車」。

下一秒，避難所門前，堵住綠皮火車的變異公雞忽然尖叫一聲，「倒車，請注意。倒車，請注意。」

舉著槍準備收拾牠們的俞心照：「？」

這肯定是文舞幹的好事吧，除了她，應該沒有誰的腦子能想得出這種事來。

只見先前一群鬧哄哄的變異公雞忽然有序地向後退，為綠皮火車讓出了路，而後其中一隻跑到俞心照等人身前。一個急剎，標準的甜美女聲響起，「下一站，一六八救援基地，請投餵食物並依序上車。」

試著扔了一把口袋裡吃剩的麵包屑後，順利騎上變異公雞往基地狂奔的俞心照：「……」

怎麼說呢，雖然顛得屁股痛，但真心對得起這個票價了。

「末世公車」的出現，為人們的出行帶來極大的便利性。

因為實在太新奇，別說小孩子，就連大人們也忍不住想要乘坐。好在票價就是糧食，不拘給予什麼，變異公雞照單全收。

隨著試乘人數的驟增，大家漸漸發現了不同。論壇上為此還出現一個集中討論串——

【變異公雞】都來說說乘坐經歷，我先來：趴著睡了三天。為什麼，懂人自懂。

B1：哈哈哈，原Po給的肯定是麵包屑、米粒之類的食物殘渣吧。我做過統計，這是最低票價，變異公雞只提供「隨雞亂跑」服務。

B2：我家小朋友抓了條毛毛蟲，沒想到變異公雞超級開心，一次載了我們全家五口，因為有老人，牠跑得特別平穩。

B3：閃開，讓我來！我咬牙撕了半塊肉鬆麵包，變異公雞居然問我，「乘客您好，請問您想聽到的語音是甜美女聲、搞笑男聲、還是可愛卡通？再加一塊麵包，還可以自己錄音哦。」

下面一片「哈哈哈」「好賊啊」「連雞都比我有商業頭腦」。

B4：我靠，是真的。我剛出去試了一下，豁出去給了一碗白米飯，結果那隻變異公雞兩眼放光，馱著我連跑帶飛，還貼心地把翅膀豎起來幫我擋風。

B109：樓上哈哈哈，這是飛天雞的體驗啊。

B110：還是我B108，關鍵是牠把我送到站後，還為自己推銷了一波，「尊貴的乘客，本雞提供限時包雞服務，有折扣，請認准本雞的標章——尾巴上有一根黑毛。」

文舞看著大家五花八門的回饋，嘴角差點翹到天上去。

正想去隨身空間看一下升級進度，忽聽窗外傳來一陣急促的呼救聲，「趙姐，有人脫水昏迷了，妳快來！」

她跟著出去看看情況，大家一見她來，立刻七嘴八舌地把來龍去脈說了一遍。

「是乘坐變異公雞長途跋涉探親的，中途被晒暈過去了。」

「光我們基地附近這就是第五個了。別的地方據說更多，論壇上最近又開始有求助文了。」

「太慘了，萬一在無人區暈過去可怎麼辦？」

文舞把大家的擔憂聽進了心裡，主動去司令室找溫司令商量解決辦法。剛好應准在彙報工作，溫思睿也在。

文舞敬了個禮，開門見山道：「報告司令，我有個不情之請。我想暫停基地周邊的綠化工作，先帶著馬梓乘坐變異公雞，在牠們常跑的路線上製造一些小型的人工綠洲。」

她可以將黃沙變成溼潤的草地，馬梓可以瘋狂灌水，簡直就是完美搭檔。如果有人提前嗅到商機，或許還會沿路販賣飲用水和食物，完美解決行人長途奔波期間的中暑問題。

溫思睿聞言，溫柔地笑著朝她招手，「正說到妳，妳就來了。為了感謝妳為基地做的貢獻，大家一起為妳準備了一個小禮物。走，我帶妳去看看。」

文舞擺手，「不要不要，平時發工資總是讓我優先，我現在真的什麼都不缺。而且要說大家的謝意的話，光是磚房就很夠用了，我已經很滿足了。」

應准抿唇，眼帶笑意，「磚房人人都有，這次的禮物是妳獨有的。」

溫司令也揮手催促，「快去吧，思睿知道在哪裡。妳一直為大家著想，真的是辛苦妳了。這也是基地的一點心意，綠洲的事我們稍後再細說。」

文舞被大家說得心生好奇，不好意思地點點頭，不再推辭。她推著溫思睿的輪椅慢慢出了司令室，繞過基地裡一排排整齊漂亮的紅色磚房，來到了研究部平時所在的區域。

看著因為四處作惡而被抓回來做研究的各種變異獸，文舞忽然想起消失多時的卡卡教授。敵人這段時間未免太過安靜。按照作者的寫作模式，通常都是在準備要放大招。

溫思睿見文舞盯著研究部的小白鼠們發呆，以為她預知到了什麼不妥，緊張道：「是不是變異獸的研究會惹來什麼麻煩？」

文舞搖頭，「為什麼這麼問，你們的實驗進展不順利嗎？」

溫思睿擰眉，「有一些新發現，我們懷疑近期各地零星出現的殭屍，和那個卡卡教授的祕密試驗有關。那些人，很可能全都是試驗的失敗品。」

文舞愕然，這句話訊息量太大了。

從至今仍被關押的五個反派異能者就看得出來，卡卡教授是敵非友。他研究的異能者升級藥水，尚未成功就已經替四季添了這麼多麻煩，如果真被他研發出來，那些人工進化的強大異能者會做什麼？

肯定不是尊老愛幼、助人為樂就對了。

兩人各有所思，一時無話，不知不覺來到了基地的東北角。

文舞很快就被一隻在角落裡溜達來溜達去的變異公雞吸引了視線，「這隻雞是怎麼了，居然還跑到基地裡來拉客了，哈哈哈。」

溫思睿朝對方招手，變異公雞立刻鳴啼一聲，「噠噠噠」地小跑過來。

「這是我們基地放養的變異公雞，已經跟牠簽了雇傭協議。經大家投票決定，從今天開始，牠就是妳的專用坐騎。」

文舞：「……」

傳說中的專雞？

她心中一暖，不爭氣地揉了揉眼角，「你們怎麼對我這麼好。應隊長他們救了我，基地收留我，如果你不強迫我看書就更好了。」

溫思睿：「……是你的應隊長強迫我強迫你的，我也是受害者，這筆帳記得雙倍算在他頭上。」

「好。」

目睹兩人愉快地達成協議，旁邊的變異公雞極為人性化地用翅膀摀住了耳朵，碎碎念著，「太壞了，好邪惡，雞都聽不下去了。」

文舞笑咪咪道：「你說什麼？」

變異公雞小圓眼睛一瞪，機智地改口，「主人妳好，我是妳的專屬愛雞，編號一六八。」

文舞：「？」

溫思睿被逗得哈哈大笑，「不知道為什麼，凡是被妳特別『關照』過的變異獸，之後全都變聰明了。我們的變異電纜現在每天一到飯點就喊『餓餓、飯飯、沒電啦』，平時是『離爸爸遠點，小心觸電』。」

文舞：「……」

啊，不會一不留神真的把這部小說玩崩了吧。

文舞回到司令室表達了謝意，跟溫司令等人商定綠洲一事。

馬梓聽完躍躍欲試，「正好告訴大家一個好消息，我最近勤奮練習，發現每次的灌水量都在持續增加。而且還有一件怪事，如果是囉嗦的低級灌水，出來的水質就會很差，只能澆花洗澡，當生活用水。一旦我刻意加入精彩的支線，進行高級灌水，出來的水質會明顯提升。」

溫司令笑著鼓勵他，「辛苦了，繼續努力，以後或許可以達到飲用水的標準。」

馬梓激動地點頭，幹勁十足。

文舞十分擅長抓重點，「精神力可以通過練習提升的話，那我豈不是也可以一次綠化更大面積的沙地？」

現在的她每綠化十平方公尺的沙地就要睡一整晚，否則會導致精神力枯竭，瘋狂頭痛。本來還以為這是她修改劇情的後遺症，沒想到是異能等級太低，需要升級。

想像著未來伸手一指，整片荒漠變綠地的畫面，實不相瞞，她得意忘形了。

不過眼下，考慮到她每天十平方公尺的綠化極限，大家還需要根據公車路線的使用情況，商量出合適的綠洲地點和先後順序才行。

文舞聽到隨身空間裡黑心蓮的呼喚聲，同大家揮揮手，「你們先商量，我頭有點痛，回屋休息一會兒。」

隨身空間的存在是個祕密，除了相關的種植NPC，基地的軍民和其他異能者都並不了解內情。大家都以為是應准在某片原始森林內發現了野生藥田，因其來之不易而格外珍惜。

文舞做戲做全套，一路走回自己的房間，在木頭床上躺下，這才心中默念一聲，「進」。

轉眼間，身穿碧綠桑葉裙，渾身靈氣圍繞的器靈文舞便從空間中「甦醒」。

徐欣怡開心地衝著她招手，「阿舞快來，我們的空間升級了，東邊的濃霧從剛才開始就在消散，也不知道這次出現的新區域會是什麼！」

全新解鎖的空間功能啊，文舞也非常期待。徐欣怡難得露出幾分上輩子才有的嬌憨，拉著文舞的手，「妳猜，會不會是農田，可以飛速產出各種糧食和蔬菜？」

文舞點頭，「有可能。不過糧食我們可以種，我更希望它提供一些槍械武器，這樣普通人在末世也就有了自保的能力。」

徐欣怡這才想起來，文舞做為空間器靈，擁有綠化異能，頓時也覺得槍械武器更好。

兩個女孩子湊在一起嘰嘰喳喳，想要共同見證隨身空間初次升級的關鍵時刻，不料這霧氣散得太慢，一個小時過去，才退後了一步的距離。

見文舞依然耐心十足，徐欣怡不由得佩服。

不愧是器靈，千萬年對於她來說，恐怕也就如同彈指一瞬間吧。

她無聊地東張西望，看看汩汩的靈泉，再看看勤勞的NPC，收回視線時忽然「咦」了一聲，「阿舞，妳肩膀上怎麼有個仙人球？」

文舞歪頭一看，左邊肩膀上不知道什麼時候黏了個仙人球，小小的，才彈珠那麼大。

她伸手去彈，卻聽仙人球暴躁地大喝一聲，「不許動，知道老子是誰嗎？老子可是——」

突如其來的危機感令文舞頭皮一麻，她一巴掌將仙人球呼飛，默念一聲「退出」，回到自己屋裡，第一時間召喚出文章頁面。

依舊是『第二十四章、變異動植物發狂』的劇情，但因為變異公雞沒有發瘋，後續內容發生了變動。

『徐欣怡沒想到會在空間裡見到變異植物，好奇道：「你是誰？」』

『變異仙人球冷笑，「老子是仙人球，吃人不吐骨頭的那種，最愛的食物就是器靈，這條命歸我了！」說話間，它猛然張開血盆大口，將文舞生吞入腹。

『徐欣怡震驚難過，想為文舞報仇，不料變異仙人球再次開口，聲音卻是文舞的！

『「欣怡別難過，雖然我以後不再是個人，而是個球，但我還是可以幫妳打理好空間，助妳稱霸一方。」』

文舞看得直咬牙，「作者妳真行，妳才是個球呢。妮妮，作者是不是收到盜帳號的投訴結果了？」

「稍等，我去看一下。」系統的聲音去而復返，「結果還沒出來，網站最近常常當機，處理得很慢。作者等得心煩，所以修掉後續劇情故意惡搞，想氣氣盜她帳號的讀者。」

算了算自己的貢獻點，綽綽有餘。她立刻握筆把「仙人球」改成了「仙人啊」，「歸我」改成了「歸妳」。

呵呵，比誰更能舞，她「不能文卻能舞」就沒輸過！

「進。」文舞默念一聲，重新回到隨身空間裡。

徐欣怡關切道：「妳沒事吧，是那個仙人球對妳做了什麼嗎？」

文舞搖頭，目光卻緊緊盯住正罵罵咧咧地從遠處往回滾的變異仙人球。

徐欣怡見狀毫不猶豫地擋在文舞身前，喝斥對方，「站住，你到底是誰？」

文舞詫異，沒想到黑心蓮會用身體護住自己，而且她的態度和既定的劇情也有微妙的出入，為什麼會這樣？

來不及多想這意味著什麼，變異仙人球已經冷笑道：「老子是仙人啊，吃人——」

劇情邏輯衝突，內容自動修復。

「老子——我為什麼要吃人，我可是全世界最善良的仙人，最愛的就是承天地造化而生的器靈了。」聲音未落，變異仙人球已經搖身一變，化作一個身穿墨綠長袍、長髮垂落在腰間的翩翩美少年。

而後，他朝文舞優雅地一笑，「妳好，我叫仙仙子，這條命歸妳了。」

徐欣怡：「……」

不愧是火靈，一巴掌呼出一個小弟來，真的好犯規啊。

空間東面的霧氣還在緩慢地後退，看樣子沒用上一天退不完。

徐欣怡怕消失得太久，會引起避難所那些人的懷疑，在確認這個仙仙子對文舞不僅沒惡意，還唯命是從後，她放心地退出了空間。

臨走前她和文舞約定，「晚上趁大家都睡了我再過來，到時候我們一起見證新區域的出現。」

文舞點頭，而後拖著條尾巴一起回到基地的房間裡。

環境一變，她重新躺在木頭床上，仙仙子則站在一旁，好奇地打量著周圍。

文舞單刀直入地開口，「基地不養閒人，你既然堅持要跟著我，那就先說說你都會做什麼吧。」

仙仙子優雅地托腮凝思，「這個問題很難，我們仙人平時就是閒著，不用做事的。」

文舞：「……」

那明明就是鹹魚，不要亂改自己人設好不好！

她剛想說不勞動不得食，許諾的聲音忽然伴隨急促的敲門聲一起傳來。

「小舞小舞，妳快出來看，丁萬里說天上有狀況！」

文舞立刻翻身落地衝出門，丟下一句「你待在屋裡別亂跑」，速度快到仙仙子的眼前幾乎出現了殘影。

他莞爾一笑，心中越發滿意：真不愧是自己一眼就看中的器靈大人，果然與眾不同。

因為丁萬里通知得及時，文舞站在外面仰頭看了一會兒，基地上空才出現了一艘宇宙飛艇。

飛艇周身噴印著醒目的「瑞貝卡 Rebecca」標識，讓人一眼就能聯想到主人的身分。

「是那個和諾爾來往頻繁的頂尖偶像，在星際之間很有人氣。我們對她來α星的動機持懷疑態度。」應准走過來，遞給文舞一個軍用望遠鏡，旁邊的溫司令、溫思睿也人手一個。

溫司令邊看邊分析，「看來是我們四季沒被末世天災打敗，反而越過越好，敵人忍不住要伸手試探了。」

溫思睿輕笑一聲，「沒膽子破壞星際和平條約，害怕成為眾矢之的，又覬覦我們的土地和資源，也就只能讓這些藝人打著慰問的名義來玩些花樣了。」

文舞通過望遠鏡看到宇宙飛艇的艙門打開，一個年輕漂亮的女人和一個絡腮鬍老者前後腳走下來，踩著懸浮器，朝下面的人揮手。

她不解，「他們為什麼不下來？」

許諾一哼，「妳還當他們不想。他們是不能，也不敢。」

應准隨後解釋，「《和平條約》裡特別註明，嚴禁發達星球公然侵略進入末世的星球，他們這種行為其實是在打擦邊球，那個高度剛好不屬於四季的領空範圍。」

見文舞盯著他的軍用腰包看，他無奈道：「我這裡只有紙本的《救援基地行為守則》，《星級和平條約》是一段全息影像。」

好吧，那就是沒的看了，文舞失望地收回目光。

思及瑞貝卡等人在天上，徐欣怡和蔣之田肯定也看得到。她看了眼時間，已經臨近中午，立刻召喚出文章頁面刷出最新章節——『第二十五章、信仰之戰』。

『看到站在空中，彷彿巡視自家地盤的瑞貝卡，徐欣怡只覺得滿心厭煩。

『有著上輩子的記憶，她深知瑞貝卡並非單純的唱跳歌手，而是一個極為罕見的「信仰」異能者。簡單來說，就是擁有讓所有人一聽到她的聲音，就不自覺想要追隨的能力。

『試想，當這樣的能力用在人人絕望的末世中，給所有人希望，讓所有人追隨，一旦某一天瑞貝卡想要做什麼，這些人就會成為她最忠實的武器。說什麼精神慰問，分明就是思想入侵。

『徐欣怡思考該如何應對之際，半空中的瑞貝卡已經別上迷你擴音麥克風，面對整個四季的民眾說了一段知心話，「大家好，我是瑞貝卡。這幾個月你們受苦了，我心裡也跟著十分煎熬，為了讓大家重拾迎接美好生活的信心，接下來的每一天，我都會來此為大家演唱一首歌曲……」』

文舞來了這麼久還沒聽過瑞貝卡的歌，不由得扭頭問道：「瑞貝卡唱歌很好聽嗎？」

許諾想了一下，「還行吧，但是沒有應隊長唱得好聽。」

溫思睿笑著點頭，「阿准以前執行任務時扮演過酒吧的駐唱歌手，還被兩個星探同時盯上。那兩位為了搶人，什麼惡毒的手段都敢用，鬥得相當激烈。」

應准輕咳一聲，「然後我順手把他們倆也抓了。」

文舞：「……」

本來是隨口一問，沒想到還有意外的收穫。她開心地握住筆，看著面前的劇情動著腦筋——敵人要收買人心，該怎麼改才能讓大家看清她的真面目呢？

為她設計一段反派專屬的臺詞？

可以是可以，但是太耗費貢獻點，不划算。

「我是瑞貝卡」改成「我是個間諜」？

這個可以，列入備選。

見她舉著手發呆，應准放下望遠鏡低聲提醒，「瑞貝卡正在別麥克風，看樣子是準備進行一場大型演說，有什麼不妥的地方嗎？」

文舞點頭，不敢再耽擱，提筆之際，目光忽然被「大家好」左側的幾個字吸引，眼底一亮。她飛速將「知心話」改成了「真心話」，同時小聲回道：「可惜我沒機會聽頂尖偶像唱歌了，應隊長記得補償我。」

下一秒，瑞貝卡將迷你擴音麥克風別在衣領上，獨特而極富記憶點的嗓音一下子散開來，帶著她的真心話瞬間傳遍了四季國土的每個角落。

「大家好，我是瑞貝卡，這幾個月你們受苦了——活該，本來我看熱鬧看得挺開心的，沒想到你們卻越過越好……」

呃？

瑞貝卡愕然。

四季全民譁然。

末世論壇上，討伐她落井下石的貼文層出不窮，曾經的忠實支持者大量脫粉。

【暴言】非我族人其心必異，讓她滾回β星！

【粉轉黑】她唱歌其實就那麼一回事，也不知道之前為什麼會那麼喜歡。

只要在四季的國土上，附近有雪蛛織網，不論本土人還是潛入的間諜都能夠打開末世論壇。空中的瑞貝卡很快就收到了同伙的消息回饋，為自己的口誤頭疼不已。

身旁的絡腮鬍老者操控著懸浮器靠近，皺眉道：「妳是怎麼搞的，就算聲音異能再強，沒有合適的內容搭配，效果也會大打折扣，尤其是針對那些意志力強的人，連這麼淺顯的道理都忘了？」

瑞貝卡面色一白，連忙欠身，「對不起，可能是我太激動，一不小心說出了心裡話。但不是所有人都能抵抗，我的粉絲基礎還在，我一定會設法挽回損失。」

老者哼了一聲，「不用了，就是為了防止妳搞砸我們的計畫，我才親自跟過來的。立刻啟用B計畫，這次決不允許再出錯。」

「肯定不會的，您放心。」瑞貝卡說得信誓旦旦。

B計畫其實很簡單，就是由她向所有人隆重介紹她身旁的這位絡腮鬍老者，後面的事就跟她沒關係了。

只是介紹一個人而已，小意思。要知道這位可是β星響噹噹的大人物，智慧過人，由他出馬必定馬到功成！

彼時，文舞緊盯著下文，由於瑞貝卡出師不利，劇情自動修復後出現了新的內容——

『瑞貝卡故作從容地一笑，「抱歉，剛才我只是為了活躍氣氛才刻意那麼說的。你們看，現在的氣氛是不是很活躍？」』

文舞噗嗤一笑，自言自語道：「是挺活躍的，老祖宗的棺材板都快壓不住了。」

『瑞貝卡靠她的異能重新吸引了大家的注意力，而後鄭重介紹，「大家請看，我身旁這位就是β星有名的智者，為了幫助大家更好地渡過末世，他特意來傳授大家一些末世生存小技巧，讓我們一起用掌聲來熱烈歡迎。」

『老者謙虛地擺擺手，「客氣了，其實我們β星遍地都是智者，我只是其中微不足道的一個。」』

文舞看完這段，舉起望遠鏡觀察上空，那兩人果然湊在一起商量著什麼。

她抓緊時間將老者的意圖彙報給溫司令，大家共同商議後，決定不給敵人絲毫洗腦的機會，就算要普及生存技巧也要用自己人才行。

系統升級後，每章內容有兩句話的修改許可權。文舞已經用掉一次，這次動筆之前要十分謹慎，一定要一擊必中，不給敵人留下反攻的可能性。

「讓我們一起用掌聲來歡迎」改成「用磚頭來歡迎」？

有點難，這個高度太高了，不太可能砸得到人。

「傳授大家一些末世生存小技巧」的「傳授」改成「學習」？

虧了虧了，好好的技巧才不白白送給外敵。

到底該怎麼改，才能讓這個所謂的智者再也振作不起來，一勞永逸呢？

文舞絞盡腦汁，苦思冥想，咬文嚼字真的是太難為她這個學渣了。

等等，學渣？

她以前除了被嘲笑過學渣外，還被罵過什麼來者？

文舞陰陽怪氣地輕哼一聲，怪笑著握筆修改了一個字，僅僅一個字，保證能讓敵人功虧一簣。

轉瞬，瑞貝卡獨特的嗓音便再次從空中傳來。

「抱歉，剛才我只是為了活躍氣氛才刻意那麼說的。你們看，現在的氣氛是不是很活躍？」

一百六十八個救援基地的軍人們冷眼凝視上方，他們的意志力之堅定，注定不會被輕易動搖。倒是有些至今仍被保護得很好的小朋友不小心受到蠱惑，拚命地在論壇上為她打call辯解、表示忠心。

【貝殼宣言】永遠愛瑞貝卡，絕不背叛。

【末世生存小技巧】我們要學，讓我們學，支持偶像的一切！

瑞貝卡收到同伴正向的資訊回饋，得意一笑，指了指她身旁的絡腮鬍老者，「大家請看，我身旁這位就是β星有名的智障——智障？」

發現自己「言不由衷」，她一巴掌打在自己下巴上，不信邪地再次說道：「智障？智障智障智障？智——障？」

瑞貝卡：「？」

下一秒，就見不久前還跟她擺架子的睿智老者，忽然流著口水，朝她傻笑著擺手，「客氣了，其實我們β星遍地都是智障，我只是其中微不足道的一個。」

瑞貝卡：「……」

人都傻了，自然不存在什麼傳授末世生存小技巧的可能。

瑞貝卡感覺自己徹底搞砸了這次任務，擔心回去受罰，一不做二不休，張口就唱了一首最近紅遍星際的流行曲——〈結局是天降隕石〉。

嗓音還是那個嗓音，可不知道為什麼，配上這次的歌詞，吸引力倍增。

文舞意志力過人，只覺得聽起來還不錯，基地裡的普通老百姓、尤其是心智相對單純的少年少女卻深陷其中，逐漸露出痴迷之色。

應准輕拍文舞的肩膀，示意她看看周圍的民眾。「我們一直懷疑，瑞貝卡擁有類似誘惑的異能，就像我們關起來的那個，她是用眼睛，而瑞貝卡用的是聲音。」

溫思睿推著輪椅上前，看著天空若有所思，「用眼睛的不看就可以，聲音卻是無孔不入。我幫幾個小孩子塞了耳塞，看樣子並沒有起到什麼效果。」

文舞想起徐欣怡上輩子的回憶內容，小聲道：「瑞貝卡是信仰異能者，我們既然沒辦法躲避她的能力，不然乾脆正面對決，直接搶了她的信仰。」

應准挑眉，「以攻代守，釜底抽薪？」

文舞點頭，同時暗自感慨：這就是學渣和學霸的區別吧。

她囉嗦一長串，人家八個字解決。

應准等人商量「爭奪信仰」的可行性和人選時，文舞忽然收到系統的提醒，**「宿主，作者認為女主角和器靈的羈絆太深，為了針對器靈開始壓制女主角，將戲份加給男主角了。」**

有了被特別關照的心理準備，文舞並不驚訝。

她重新滑出最新章節的頁面，快速瀏覽完被大幅修改的後續內容。

簡而言之，原本的信仰之戰以黑心蓮為主，現在卻成了龍傲天耍帥的舞臺。

通過這場全國可見的空中對戰，蔣之田將向所有人展示他強大的控火異能，以及後背上已經改回去的「精忠報國」刺字。結局也安排得明明白白：控火英雄成功打敗居心不良的瑞貝卡，取代關鍵時刻搞砸情況的救援基地，成為百姓心中新的信仰。

作者的想法也不難猜，上一章沒能讓器靈文舞變成球，那就乾脆不給女主角和文舞出場的機會，這樣看她還怎麼舞？

系統客觀道：**「宿主，這章的兩次修改許可權已經使用完畢，只能放棄了。」**

文舞下意識地搖頭，「不行，試試總還有一絲可能，放棄就真的沒希望了。作者有她的堅持，我也有我的，不需要互相尊重，互相對幹就是了！」

系統：「……」

說話間，丁萬里忽然指著避難所的方向低呼，「大家快看，有人飛上天了。」

無數道目光齊齊看過去，就見蔣之田踩著不知道從哪裡找來的懸浮器，穩穩地升入高空，和瑞貝卡遙遙相對。

溫思睿哂笑，「這傢伙倒是一向得運氣好。我以為，可以飛離這顆星球的科技產物早就被第一次天災摧毀了，沒想到他還能找到一個。」

應准想得更遠，「是靠自己找到的還好，就怕他和境外的武裝勢力私下做了交易。」

霧霾天災後，境外的生存條件也惡劣起來，不少武裝勢力紛紛放棄抵抗，全靠對β星搖尾乞憐，獲得定期投放的生活物資。這種情況下和這些人有牽扯，無異於與虎謀皮。

溫司令輕嘆，「但眼下我們的確需要一個人來抗衡瑞貝卡，如果沒有更好的選擇，那也只能寄望於這個異能者了。」

應准抿唇，「兩害相權取其輕吧。」

大家商討了幾回，雖然救援基地裡不缺多才多藝的人，完全能和瑞貝卡一較高下，卻在如何飛上天這件事上遇到了困難。

當所有人都默認只能由蔣之田出馬時，文舞猛地一拍手，「啊，我差點忘了一個人，論搶信仰，他絕對比誰都合適！」

08

第八筆

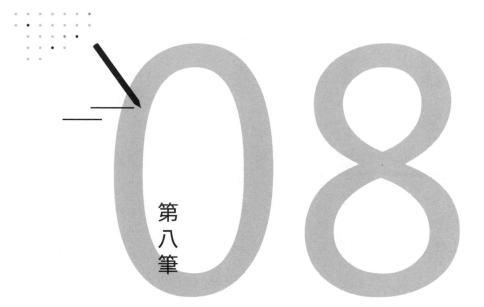

文舞一陣風似地衝回磚房，把閒得頭頂開花的仙仙子拖了出來。

發現大家表情古怪，視線在她的臉上和手上來回打轉，文舞詫異道：「幹嘛都盯著我，你們看不到仙仙子嗎？」

眾人齊齊搖頭。

文舞轉頭問仙仙子，「為什麼只有我能看得到你？」

仙仙子一臉無辜，「我們仙人下凡後，會自動進入潛水模式，我對妳開了隱身可見，又沒對他們開。」

文舞：「……開開開，全都開，不對，你直接改成上線模式。」

仙仙子從善如流地揮了揮手——復古衣袍、絕美少年，他一出現就驚豔了在場的所有人。

「這是我在藥園裡新認識的朋友，名叫仙仙子，從今天開始正式加入我們基地的異能部。」文舞簡單解釋一句，而後問仙仙子，「你會飛嗎？」

仙仙子頷首，「當然，我們仙人天生會騰雲駕霧，但首先要有雲霧才行。」

文舞一指淺灰色的天空，「這個沒問題，霧霾也是霧。現在交給你一個艱鉅的任務，你飛上去，隨便表演一個才藝，跟其餘兩人搶一下全國百姓的信仰。」

仙仙子托腮，「表演什麼都可以嗎？」

文舞點頭，「對，隨便什麼都可以，只要是你最拿手的。」

仙人與生俱來就能得到百姓的信仰，神話故事書是這麼寫的吧？她是個學渣，其實心裡也沒個底，但不試試怎麼會知道呢？

仙仙子凝思片刻，展顏一笑，「有了，看我的。」

他優雅地邁開步伐，一步一步，竟是憑空拾級而上，彷彿他腳下有透明的階梯一般。

彼時，瑞貝卡已經唱到了整首歌最為動聽的副歌部分，「**大結局時，隕石是這樣掉下來的——匡匡匡，匡噹。**」

蔣之田也在一番牛刀小試後，操控烈焰形成了一條栩栩如生的巨型火龍。

火龍不怒自威，時而圍繞在他周身，時而遊動在他腳下，看起來就像是他最忠實的伙伴。

一個唱歌，一個表演噴火魔術，後者硬是憑藉男主角光環和劇情之力，在末世論壇上的人氣穩穩地壓過前者。

就在四季百姓的信仰之力逐漸從瑞貝卡額間抽離，緩緩地流動向蔣之田時，半途中突然殺出一個程咬金。

仙仙子氣喘吁吁地爬到和兩人相同的高度，累得一屁股坐下。

文舞擔心他摔下來，一顆心提到了嗓子眼。不料剎那間，周圍稀薄的霧霾自發地聚在一起，凝結成一朵黑蓮花，時機恰到好處地接住了他。

文舞：「……」

這神仙手段直看得百姓們嘖嘖稱奇，末世論壇上立刻湧現出大量的「仙人文」，輕輕鬆鬆便和賣力表演半天的瑞貝卡、蔣之田平分秋色。

瑞貝卡自知不敵蔣之田，暗忖道：就讓他們自己人打起來，互相拖後腿，今天我一定要拿下這末世裡的信仰。

蔣之田有著劇情給的龍傲天加成，態度更為傲然，「哪來的小白臉，穿得花裡胡哨的，以為這樣就能吸引視線、收服人心嗎？」

仙仙子才懶得理這兩個凡人，坐著歇了一會兒，恢復了優雅的翩翩美少年模樣。

他看著下方黑壓壓的腦袋，淡淡一笑，「接下來，我為大家展示一下我的拿手絕活——開著開著就開花了。」

眾人就見天上的美少年一秒入戲，托腮開始發呆。

沒一會兒，他頭頂開出一朵淺黃色的小花，像極了仙人球的花朵。

末世論壇瞬間炸了。

【OMG，我信他了】絕望中開出希望的花朵，這意境，不愧出自仙人的手筆！

【顯靈】我們全家從末世第一天就求神拜佛，仙人終於肯現身了嗚嗚嗚。

【修仙】接下來是不是全民修仙，飛升到其他介面？

輿論逆轉的同時，流動向蔣之田的信仰之力一個急轉彎，衝進了仙仙子的眉心。

眾生的祈禱和苦難瘋狂衝擊著仙仙子的靈魂，他幡然醒悟，低頭看著文舞喃喃，「我不想開著了，我想為正在飽受折磨的芸芸眾生做點什麼。」

器靈大人，幫幫我，好嗎？

最後一句是傳音，仙仙子帶著迷茫和憂傷的聲音在文舞腦海中響起。

文舞仰頭看天，對著他溫柔一笑，「你要相信自己，你是四季百姓的信仰，你身上有一切讓人喜愛的美好氣質。你為大家帶來希望和力量，提醒末世裡的每一個人，不要退縮，要堅強。」

仙仙子：「……」

不愧是器靈大人，可真能說。

這是第一次，文舞沒依靠劇情修改筆的力量，依舊成功扭轉了基地的命運。

仙仙子成為四季百姓唯一的信仰，瑞貝卡灰溜溜地離開，蔣之田的稱霸大業也再次受阻。

系統逛完一圈回來，長吁短嘆，「作者氣瘋了，讀者還誇她情節新穎、不落俗套，修改的結尾神轉折。真的只能是妳們兩個其中一個被擊敗，才能收場了。」

文舞忙著伸展身子，抽空回道：「歷史證明，獨裁主義是普通老百姓的災難。黑心蓮稱霸我都不贊成了，更何況是龍傲天，他不行，太油了。」

「確實有不少讀者都在抱怨男主角搶女主角戲份，表現油膩，懷疑作者寫崩了。」

文舞笑而不語。身為罪魁禍首，她還是有點自覺的。

做完一系列熱身運動後，文舞當著仙仙子的面跳了一段《驚鴻舞》[5]，仙得不行。

難得仙仙子現在人氣超高，說什麼百姓都肯照做，大家約好要各自教他一樣拿手的技能，讓他每天定時飛到空中展示教學，趁機顧起末世的教育。

無論生存知識、興趣愛好，還是戰鬥技巧，救援基地裡最不缺的就是人才。

仙仙子看得入迷，半天才反應過來，一臉驚豔地鼓掌，「器靈大人妳好厲害，怎樣才能跳得像妳這麼好？」

文舞謙虛地笑一笑，「沒什麼，苦練十幾年，你也做得到。」

她話音剛落，仙仙子立刻跳了一段一模一樣的《驚鴻舞》。因為他會飛，效果好得不得了。

文舞：「……」

彷彿遇到了誇我成績好的學霸。沒想到你一個仙人，居然也能這麼凡。

看著越跳越起勁的仙仙子，文舞不客氣地翻了個白眼。

「好了，你已經出師了，滾去跟應准學基礎格鬥，再跟溫思睿學習文化知識吧。看完演示記得一定要問他們——你好厲害，怎樣才能學得這麼好？」

仙仙子翩翩飛來，乖巧地點頭，「器靈大人放心，我都聽妳的。」

5 《驚鴻舞》：始於唐代的宮廷舞蹈，唐玄宗早期寵妃梅妃的成名舞蹈。

文舞揮手趕人，眼不見心不煩，轉頭進入隨身空間赴約。

徐欣怡比她先到，兩人湊在一起聊了一會兒八卦，得知蔣之田回避難所後大發雷霆，文舞的嘴角一直偷偷地往上翹。

不知不覺已至深夜。

隨身空間東邊的霧氣終於完全消散，露出了一座占地面積逾百畝的大型工廠。

兩人站在藥園裡，只覺得四野寂靜、草木芬芳。往前踏一步，卻立刻會被「轟隆隆」的機器運轉聲包圍，彷佛進入了另外一個獨立的空間。

徐欣怡滿眼期待，「看樣子真的有可能是槍械武器的工廠了。走，我們一起去看。」

她拉起文舞的手，單腳邁出的同時，身形一頓，皺著眉一臉不解。

與此同時，系統緊急提示，**「宿主，作者半夜突然增加更新，想打盜她帳號的讀者一個措手不及，妳自己小心。」**

文舞在徐欣怡行為異常時，就已經生出不好的預感，眼下預感成真。

見對方表情掙扎、嘴唇開合，似乎要說什麼，又一副不願開口的樣子。她一把摀住對方的嘴，「妳撐住，相信我，給我三十秒！」

徐欣怡重重點頭，死死咬住嘴唇。看起來很平常的一個動作，她卻用盡了渾身的力氣。

文舞一秒都不敢拖延，召喚出文章介面，單手更新更新更新。

出現了！

『第二十六章、宣戰』。

這名字怪怪的，誰要和誰開打，男女主角和變異動植物，或者境外武裝勢力嗎？

她一目十行地往下看，很快就發現了問題——

『徐欣怡拉著器靈文舞往工廠裡走，她忽然道：「阿舞，我腦子裡剛剛顯示空間升級了，說是新解鎖的區域叫機車工廠，因為妳很機車。妳明白這是什麼意思嗎？」』

文舞：「……」

就為了借女主角的口說我無聊囉嗦不上道，竟然這麼大手筆送了座工廠？

系統暗暗插了一句，**「送了也是白送，機車在沙地上行駛不便，遇到變異獸安全沒保障，無法運輸物資還費油。作者大概是被仙仙子的事氣到，單純想浪費掉空間的升級機會，不讓妳增加助力，順便表達她的不滿。」**

不管作者怎麼想的，眼見徐欣怡因為抗拒劇情而忍得難受，嘴唇都咬破了。她靈光一閃，急忙握筆將第一個「機車」改成「機甲」，第二個「機車」改成「機靈」。

別看只用了兩個貢獻點，這搞不好能徹底翻盤！

「好了欣怡，快鬆口，順其自然別抵抗。」

文舞鬆手的同時，徐欣怡亦忍到極限，聽到她的聲音，無端生出一股信任和感動。

意志力鬆懈的一瞬，徐欣怡不受控制地脫口而出道：「阿舞，我腦子裡顯示空間升級了，說是新解鎖的區域叫機甲工廠，因為妳很機靈。妳明白這是什麼意思嗎？」

文舞認真地點頭，「我明白，因為我很機靈，所以我知道怎麼操控這些機甲。有了它們，我們就可以更好地對抗變異動植物，就算殭屍來了也不用擔心。」

徐欣怡一臉敬佩，「身為火靈，妳不僅會綠化，還懂機甲，真的好厲害啊！」

文舞被誇得一臉羞澀。就……還行吧，她只是做了每個開外掛的人都會做的事而已。

有驚無險地走完這段劇情，她又開始煩惱，等一下要怎麼和徐欣怡解釋之前的異常？

不料這一次，徐欣怡先開了口。「剛才我應該是被人遠端操控意識了，對方傳達給我的情緒很不舒服，好像是想強迫我說什麼不好的話。蔣之田也遇到過類似的情況，多虧有妳。」

她心裡大概確定，是上輩子那個無惡不作的精神系異能者提前覺醒了。

蔣之田有雄心壯志，那人野心勃勃，兩個人一旦提前對上，身邊的人難免遭殃，尤其是身負空間祕密的自己。

文舞：「……」

雖然但是，既然注定不能實話實說，那就讓這個美好的誤會延續下去吧。

文舞：「嗯，妳沒事就好。」

徐欣怡：「有阿舞保護我，我知道自己一定會沒事。」

兩個漂亮的女孩子相視一笑，手牽手地跑進轟隆作響的機甲工廠裡，看著自動化生產的各型號機甲，開心地擊掌慶祝。

系統小聲嘟囔，「妳們倆沒事，作者有事。她已經咆哮著連夜在修改下文了……」

『本章已鎖定，無法查看。』

文舞回到房間裡，看到的文章頁面就是這樣。雖然不知道剩下的半章內容會被改成什麼鬼樣子，但在此之前，末世裡的日子還要繼續。

天一亮，文舞興衝衝地往手腕上套了一串大小顏色不一的手環，叫上應准、俞心照和溫思睿，一起跑到司令室開緊急會議。

她鄭重為大家介紹了隨身空間的新特產——手環式便攜機甲。

「我已經試過了，這些機甲分為戰鬥型號和生活型號。戰鬥型號分為輕型、中型和重型，需要測試感知力。生活型號沒有門檻，人人可以用。」

說話間，她伸手按下白色手環的安全鈕，轉眼間，身體便被一架白色的輕型機甲包裹在胸腔裡。因為瞬間變大而占滿房間，應准等人全都被擠到了角落。

「抱歉抱歉，判斷失誤，我之前是在隨身空間裡試的，當時沒發現它這麼大。輕型機甲有翅膀，可以用來對付會飛的變異獸，我就不展示了。」

文舞重新按下安全鈕，機甲眨眼間收回到手環中。

溫思睿第一個激動地推著輪椅上前，抓著文舞的手臂仔細端詳這些手環，「我們這些年一直在研究機甲，本來已經有了不小的突破，可惜末世突然來臨，一切都毀於一旦。沒想到今天又可以重啟這項研究！」

就連β星都還停留在只有宇宙飛艇、正絞盡腦汁研發機甲的階段，沒想到意外進入末世的α星反而因禍得福，有機會彎道超車！

俞心照隨後上前打量，「這個厲害了，不僅能彌補我的身高缺陷，操作得好，說不定還能跟異能者對抗。」

應准拍拍溫思睿的肩膀，「我們的人還沒測過感知，也不知道具體的操作方式。你帶著科研隊抓緊時間解析，爭取早一天能讓這些機甲派上用場。」

大家說完一齊看向溫司令，等待命令。

溫司令和藹一笑，「你們都這麼優秀，我沒什麼可交代的。盡管放手去做，一六八基地就是你們最堅實的後盾。」

「是，遵命！」大家齊齊敬了個禮，而後開心地笑了起來。

從缺衣少食到豐衣足食，再到如今有了網路、通了電，還有仙仙子幫忙重拾教育，日子肉眼可見地好了起來。

或許，這末世真的會迎來結束的那一天呢？

此後，溫思睿帶著小科學家們夜以繼日地忙碌，很快就製作出幾臺感知測試儀。測出感知足以駕駛機甲的救援隊成員，按照各自的特長，分別組成空中救援隊和陸地救援隊，在無人區進行祕密特訓。

溫司令借來文舞的專雞，親自跑了一趟一號基地，和最高領導人溝通了整整一天。

從次日開始，俞不宣每天都固定向各個救援基地輸送磚石和藥材，表面上是大家熱火朝天地打造基礎建設，實際上，他每次夾在其中的機甲手環才是關鍵。

應准和俞心照也沒閒著，兩人一個帶隊出任務探索資源，另一個護送文舞和馬梓做公益。無邊的荒漠上陸續出現了四十九個小型綠洲，因為暴晒和口渴昏迷的人大幅減少。

再加上仙仙子每天雷打不動地飛上天，傳授知識和末世生存技巧，哪怕時不時仍有變異動植物攻擊避難所或救援基地，卻很少再出現重大的傷亡。

一個多月眨眼過去，文舞終於發現，文章頁面解鎖了。

『時間匆匆而過，轉眼就到了端午節。

『沉寂已久的卡卡教授派了他最新改造的殭屍異能者出馬。殭屍異能者做出成千上萬個殭屍，從各個方向包圍了正在慶祝節日的一六八救援基地。

『雙方激戰了一夜，救援隊的成員誓死保護百姓們提前撤離。

『那一夜，無人生還。』

文舞：「……」

「作者真是不死心啊，繞這麼大一圈，居然還是想回到基地覆滅那裡。」

系統跑去打探了敵情一圈，才道：「作者也是這麼說妳的。她重新整理了大綱，痛定思痛，決定不和一個器靈計較，而是要抓住矛盾核心，讓基地迅速覆滅，男女主角開始走主線、稱霸一方。」

文舞看了看窗外正在準備一起過節、臉上滿是幸福笑容的人們，無奈地攤手，「她應該知道，我是不會袖手旁觀的。」

「作者收到投訴結果，得知並沒有帳號被盜的情況發生，已經在大開腦洞，懷疑是妳覺醒隔空改劇情的超能力了。她自己沒辦法二十四小時盯著劇情，但在作者的話裡請讀者幫忙抓蟲，她會第一時間處理。」

文舞：哼。

都讓一讓，十年資深讀者即將開始瘋狂起舞！

她握住光筆，將「殭屍」改成了「粽子」。

讀者們看到這句都自動忽略了過去，在他們看來粽子[6]也是殭屍，沒毛病。

不久後——

沉寂已久的卡卡教授派了他最新改造的殭屍異能者出馬。殭屍異能者製造出成千上萬個粽子，從各個方向包圍了正在慶祝節日的一六八救援基地。

6 粽子：為盜墓者之間流傳的暗語，指墓裡保存得較完好，沒有腐爛但已經屍變的屍體。此暗語出自知名小說《鬼吹燈》及《盜墓筆記》。

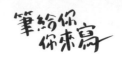

丁萬里發現目標，抽著嘴角道：「大家準備好盆碗，一大波粽子正朝我們趕來，都撿回來，還能配送給其他兄弟基地，千萬別浪費！」

卡卡教授：「……」

千里送粽子，禮輕情意重。

救援基地突然被這麼多粽子包圍，百姓們高興得彷彿要過年，抱著鍋碗瓢盆努力拾取，生怕漏掉一個半個。

文舞帶著異能部的成員，合力抓捕想要開溜的殭屍異能者，對方狗急跳牆，頻繁發動異能，然後一臉絕望地看著一波又一波的粽子從四面八方而來。

眾人雙眼放光，沒想到這還是個可持續壓榨的反派。

文舞當即低聲下令，「他一著急就本能地激發異能，接下來別真的去抓，按照我所說的假裝追捕，讓他繼續掙扎反抗。」

「收到。」

大家聽著指揮，齊心合力地飆演技，每次快抓到人時都會有不同版本的事故出現——

起初是所有人爭相朝目標撲上去，堆成人山、互相架住，讓目標從最底下「幸運」地爬走。殭屍異能者下意識地召來一波粽子幫助他爭取時間。

然後是兩個人左右夾擊，結果因為鏡面站位而搞錯誰左誰右的指令，「意外」為對手讓出一條生路。殭屍異能者明知道沒用，情急之下還是發動了能力。

接著是即將得手的人恰好有私仇，兩人搶功勞互相阻撓，最終「便宜」了敵人，敵人再次發威。

第十八次時，殭屍異能者費了九牛二虎之力才召喚來一顆粽子，同時忍無可忍地破口大罵，「我靠，你們真的太缺德了，沒完沒了是吧？」

文舞看著可憐巴巴的糧食來源，嫌棄地輕哼，「我們憑本事來弄你，算什麼缺德，勞動至上你懂嗎？其實我還有很多方法，只可惜你的精神力不夠用了。」

話還沒說完，對方連氣帶累下精神力徹底枯竭，「撲通」一聲倒地昏迷。

異能部成員不費吹灰之力將人拿下，除了演得有點累，全體人員連個擦傷都沒有。

文舞不由得感慨，「這就是應隊長說的，不戰而屈人之兵吧，我可真厲害。」

因為擔心他們而趕來接應、結果看了十八場戲還沒有重複的應准等人：「……」

厲不厲害先不說，戲是真的多。

應准輕咳一聲，帶人走上前，「辛苦了，接下來交給我處理就好。思睿那邊剛研究出了針對異能者的手銬，可以壓制他們的精神力，讓他們無限趨近於普通人。」

文舞面露不捨，「這個人每天都能召喚出不少粽子，現在這個月分青黃不接，我想將他留下，繼續讓他供應糧食。」

應准想了想，點頭，「有道理，我稍後和思睿提議一下，讓他們盡快製作出一副全息眼鏡，放無限大逃殺的資料進去，這樣你們就不用反覆折騰了。」

文舞腦子一抽，豎起大拇指，誠懇地誇讚一句，「好主意啊，這不就是坐上來、自己動嗎？」

應准：「……」

文舞：「……」

對不起，今晚我要連夜離開α星。

一夜收穫這麼多粽子，基地人人喜笑顏開。

溫司令大手一揮，「難得趕在端午節時大豐收，大家這幾個月都辛苦了，我們這次不小氣，大家一起來過節吧。」

一聲令下，救援基地立刻熱鬧了起來。

擅長料理的賀禮將各種口味的粽子拆開，光是用糯米粽，就製作出香甜的糯米團子、糯米糕、糯米卷、清淡可口的糯米粥等十多種美食，另外還有鹹蛋黃粽、叉燒肉粽、椒鹽豆粽、豬油夾沙粽、鹹水粽……這麼豐富的食材，可以想見最後的成品有多誘人。

機會難得，大家紛紛在自家門前擺出攤位，放上各自分得的食物、衣物、日用品、小玩具等，看上了就互相交換。

平時大家都各自忙於工作，缺什麼只能私下互相詢問、碰運氣，難免效率低下。然而像現在這麼一擺，有什麼一目了然，大大加速了基地物資的流通，人人都覺得方便。

文舞看在眼裡，開心地提議，「我們以後每週發工資的當晚都辦一次夜市怎麼樣？大家辛苦了一週，既可以放鬆一下，也能更快捷地找到自己需要的東西。」

許諾激動地一把摟住她，「我正要說呢，我們兩個簡直心有靈犀！」

應准、溫思睿等人自然都表示贊同。

大家一起向溫司令彙報後，溫司令也覺得不錯，又在末世論壇上發文倡議，於是就像滾雪球一樣，不久後，所有的救援基地都表示願意加入到活動之中。

論壇上很快就被相關的貼文洗版——

【週末夜市一六八】第一次夜市定於今晚舉辦，歡迎大家來一六八交換物資，更有多種口味的粽子和諸多美食等你來嘗（附圖）！

【週末夜市二五】我們剛找到了一批文具，需要的話速來（附圖）。

【週末夜市九七】想吃新鮮水果，盡在九七救援基地，接受留言預約，手慢無（附圖）！

俞不宣為各個基地送去一批友情粽子，數量不多，只夠嘗個鮮，但大家都感動極了，紛紛拿出文具、水果等做為回禮。

綠皮火車滿載而歸之際，大量訪客也騎著變異公雞前來一六八基地品嘗美食。

要不是坦克大小的變異公雞真真切切地在和乘客討價還價、滿地的黃沙，和大喊著「離爸爸遠一點」的變異電纜不能作假，大家險些忘記自己身處末世。

原來只要團結努力，就真的天無絕人之路啊。

末世來臨前曾抱怨房價太高、養孩子太貴的民眾們，末世後卻忽然發現，即使它有這樣那樣的不足，他們還是深愛著這個國家。

無人看見的角落裡，眾生百態悄然上演。

有人換到了一直以來都想要的紙筆，一想到孩子終於不用蹲在沙地上瞎畫，可以跟著仙仙子練習寫字，笑著笑著就哭了。

「人總是要等到失去才會珍惜，不止是愛情，還有圓珠筆和Ａ４紙啊！」

有人為了吃一串糯米丸子，忍痛割愛換出了珍藏的瑪瑙手鍊，哭著哭著卻笑了。

「末世要什麼珠寶首飾，又不能吃。我宣布，糯米丸子才是無價之寶！」

文舞靈巧地穿梭於人群中，靠她的藥材小金庫一個個攤位挨著掃貨，不僅嘗遍賀禮製作的小吃，還特意為輪流守護她的應准和俞心照挑了個小禮物。

一片喜慶中，系統緊促的聲音便顯得十分突兀。**「更新啦，更新啦，宿主快看劇情，大事不妙！」**

身邊到處都是外來的訪客，人多眼雜，好在文舞和應准、俞心照早有默契，她假裝扭傷了腳，「哎呦」一聲就往左邊倒去。

餘光一撇，發現左邊居然是小小隻的俞心照，文舞尷尬地吐了吐舌尖，用她靈巧的舞姿原地轉身一百八十度，往右邊的應准懷裡一栽。

俞心照：「……」

有本事嫌棄我，妳有本事也讓我長到一百八十公分呀！

應准抽著嘴角，穩穩地接住文舞，順勢道：「別亂動，小心傷到骨頭，我這就送妳去醫務室。」

文舞「嚶嚶」哭了兩聲，卻被應准似笑非笑的眼神看得發毛，就不假裝了，轉而借著他身體的遮擋召喚出文章頁面，手握光筆，隨時準備修改劇情。

『第二十七章、集體越獄』。

『徐欣怡、蔣之田聽說隔壁的救援基地舉辦了夜市，不僅有美食，還可以交換物資，也欣然前往。不料，兩人剛到門口，救援基地忽然發生一場大型爆炸事件，竟是他們祕密關押的間諜所策劃的，攪得現場一片混亂，傷亡慘重。多虧徐欣怡和蔣之田出手相助，才能順利平亂。』

看到徐欣怡要來，文舞頓時不著急了。她剛才去隨身空間裡取藥材，通過傳音和徐欣怡閒聊了幾句，催她來吃好吃的，恰巧知道他們才剛出發不久，要過一會兒才會到。

萬一內容修改得太早，極有可能會被作者改回去，她必須精准得地卡好時間。

等待時，文舞默默吐槽，「作者怎麼還不死心，又來？而且說好的九點定時日更呢，騙子。」

系統道：「作者被那波粽子氣到胃痛，情緒不穩定，已經在文案上改成「本文綠更」了。妳以後沒事就常常上來看看有無更新，本系統懷疑她現在是想吃了妳。」

文舞：「……」

你其實可以有自信一點，把「懷疑」去掉。

除了更新時間不固定，對方暫時也沒有新的招數，文舞很快就將心思放在了徐欣怡身上。通過隨身空間，她準確地掌握了徐欣怡到達的時間，在他們即將到達門口的前一秒，以迅雷不及掩耳之勢，將「爆炸」改成了「煙火」。手速之快，保證作者來不及修改。

下一秒，文舞舒服地窩在應准懷裡，朝門口的徐欣怡揮手，「來得正好，請妳看煙火啊。」

說話間，只聽「碰——啪啦啦」一串脆響，救援基地上空忽然出現了一場大型煙火秀，絢爛奪目，美不勝收。

在末世裡還能看到這樣絕美的夏夜煙花，無疑是一種奢侈。

一時間所有人都看呆了，交頭接耳地稱讚道：「不愧是一六八基地，沒想到還準備了這樣的驚喜，真的好漂亮啊！」

「以前只顧著工作賺錢，不是出差就是在出差的路上，沒想到陪老婆孩子看的第一場煙火，是在末世。」

「所以你們看，即使是黑夜，救援基地也可以讓它變得很美。」

文舞的耳邊不斷傳來一聲聲發自內心的歡呼，眼前陸續劃過一張張簡單幸福的笑臉。這些人都和她一樣，相信只要繼續努力，未來的每一天都會像今晚的夜空一樣，多采多姿。

「文舞，文舞？我叫妳叫半天了，妳故意不理我是不是？」

「啊？」文舞想得太投入，過了半天才回過神，歪頭看向站在徐欣怡身旁的蔣之田。

蔣之田擰著眉，視線在文舞的身體和應准抱著她的手上來回掃視，冷不防地來了句，「別再任性了，之前弄丟妳是我不對，這麼隨便讓別的男人抱，妳考慮過我的感受嗎？」

文舞被他這突如其來的霸總式發言弄得傻眼。如果言語可以殺人，她一定是被油炸而亡的。

她忍不住在心底發問：「妮妮，男主角的人設是不是崩了，這可是以女主角為主的小說，我記得他雖然有點油膩，但對女主角很專一，對惡毒青梅也根本沒興趣啊。」

系統嘆氣，**「妳光顧著看煙火，沒看劇情吧，作者緊急鎖章、修改下文了。為了讓女主角和妳決裂，回歸正軌，為你們三人強行加了三角戀戲碼。她本來就不太擅長情感描寫，這次寫得又急，這程度已經是盡力了。」**

文舞：「……」

強制狗血最致命，這真是過分了啊。

蔣之田見文舞有點呆呆的，依然窩在應准懷裡不動，面色越發不快，「妳過來，我有話要和妳說。」

也不知道為什麼，他最近頻繁夢到小時候和文舞一起玩耍的美好回憶，忽然無法忍受她留在救援基地。再加上她的綠化異能，他無論如何也要將人帶走。

文舞才不想跟他私聊，說不定會當場被噁心死，相比蔣之田的腦殘言論，她更關心徐欣怡的反應。

兩個女孩子對視一眼，徐欣怡輕嘆一聲。她看向蔣之田，「林小媛約你你不理，堅持要陪我來逛夜市，我以為你是在對我表達好感？」

因為上輩子和對方是情侶，她其實並不排斥這段感情，想著順其自然就好。只是重生一遭，太多事都發生了變化，蔣之田似乎對器靈化身的文舞起了不一樣的心思。

當斷不斷，反受其亂。

蔣之田猶豫了一下，下意識看向文舞，「妳希望我怎麼回答欣怡的問題？」

文舞：「？」

我靠，你是什麼品種的渣男，怎麼能得罪人得罪得如此順手啊！

男女主角上輩子可是情侶，女主角帶著記憶重生回來，這麼搞豈不是逼她們兩人心生隔閡，甚至當眾翻臉？

系統在文舞腦子裡哀嘆一聲，什麼也沒說，彷彿已經可以預見作者成功地挑撥離間，陰謀得逞。

沉默片刻後，徐欣怡果然自嘲一笑，「你既然這麼說，我就明白了。男人和姐妹之間要怎麼選，很難嗎？當然是——」

徐欣怡猛然用雙手死死地摀住嘴，眉間緊蹙。要不是她反應夠快，「男人」兩個字已經脫口而出。

那股被人操控的感覺又來了。

這個藏在暗處搞鬼的精神系異能者到底想幹什麼，莫非是察覺了她和文舞的真實關係，想要破壞她和器靈的感情？

她心中冷笑，既然那人不讓她說話，那她就用行動來表達。

徐欣怡朝著文舞邁出了第一步，腳落地的一瞬，額間突然刺痛不已，彷彿她的意識正在被一股外力抽離。這應該是那個精神異能者的精神攻擊，想逼她後退？

絕不可能！

徐欣怡的神色越發堅定，忍痛再次抬腳，好像慢動作播放一般，艱難地邁出第二步，落腳時她已經面色蒼白，冷汗涔涔。

蔣之田看出徐欣怡的意圖，詫異於她一言不合就叛變，心中驚怒，「欣怡，妳最好考慮清楚再做決定，避難所可容不下一個背叛的人。」

徐欣怡對他的威脅置若罔聞，接下來是第三步。她腦海中針扎般的刺痛驟然加劇，有如刀割。

蔣之田氣得跳腳，暗中咒罵幾句，轉而問文舞，「妳怎麼選，也要跟著她一起瘋嗎？別忘了我們可是一起長大的青梅竹馬，兩小無猜。」

第四步，徐欣怡幾乎站不穩，險些跌倒，是被蔣之田噁心的。

文舞見狀，「扭到的腳」一秒痊癒，她跳落地面，迎上去一把將人扶住，「欣怡，妳——」

妳是不是在強制違抗劇情？

徐欣怡抬頭衝著她虛弱一笑，小聲道：「上一次，我對那個文舞見死不救，但我始終覺得那不是我。這一次，才是我自己做的選擇。」

她說完，意外發現自己居然擺脫了控制，可以好好說話了。她釋然一笑。

文舞卻因為這番話大為震撼。

她是帶著金手指進來的，輕鬆地游離於劇情之外很正常，可徐欣怡卻是實實在在地受劇情控制的主要角色，沒想到她居然能做到這一步。天知道為了這短短的四步，她吃了多大的苦頭。

「欣怡，如果我們的友情之間相距一百步，妳走這四步就好，剩下的九十六步，讓我來。」文舞低聲說罷，把人交給上前幫忙的許諾，抬手一指蔣之田，「我的選擇當然是，你——」

蔣之田譏諷地看了徐欣怡一眼，剛要諷刺她兩句，卻聽文舞繼續道：「給我滾出救援基地，這裡不歡迎你，垃圾。」

蔣之田：「？」

文舞可是異能部大隊長，且深受基地民眾的愛戴，她一開口不要緊，周圍暗中看熱鬧的自己人立刻一擁而上，將蔣之田抬起來，一路舉著送到了基地門口。

蔣之田顏面盡失，眼底快速地劃過一抹暴戾之色。「文舞，徐欣怡，妳們一定會為今天的選擇後悔的。」

他陰冷地放完狠話，轉身要走，迎面卻走來一個男異能者，一路上不客氣地將擋路的人通通踹開，一看就知道來者不善。

彼時，文舞為了防備蔣之田作亂，比如突然發瘋、火燒基地，躲在應准身後一直在刷新文章頁面。鬧事的人出現時，她終於看到了作者修改完畢的後續內容。

『卡卡教授一計不成，又派了一個新鮮出爐的改造異能者前來搗亂。該異能者一路闖入基地，傷人無數，莫名挨打的訪客怒聲質問，「你是什麼人，憑什麼打我？」

『來人陰冷地笑道：「在下是格鬥王，打你怎麼了？過了今晚，在場的所有人都會成為我手底下的冤魂。」

『救援隊的人蜂擁而上，不料完全不是這個格鬥王的對手，被打得七零八落，傷亡慘重。

『多虧蔣之田不計前嫌，仗義出手相助，這才保住了無辜的平民。來夜市參加活動的人對他感激不已，更有異能者當場被他的人格魅力所征服，毅然加入避難所……』

文舞無言，這書乾脆改名，叫《卡卡教授很忙》好了。劇情要創新啊，怎麼能這樣換湯不換藥？

總之面對這種突發狀況，她已經練就出良好的緊急應對能力，聽到門口傳來質問聲，「你是什麼人，憑什麼打我？」

她毫不猶豫地把「格鬥」改成了「個海」。

我是格鬥王，╳。

我是個海王，〇。

下一秒，挑釁的異能者已經站在基地門口，朝著所有人陰冷地一笑，「在下是個海王——」

邏輯衝突，劇情自動修復。

「在下是個海王，渣又怎麼了？過了今晚，在場的所有人都會成為我網裡的魚。」

眾人：「……」

雖然但是，這得是多騷，才能同時對一個夜市的男男女女說出這句話來？

來人這麼強勢地闖入基地，卻什麼都不做，只對著大家騷言騷語，這謎之舉動著實讓一眾人都看呆。

文舞當機立斷，振臂高呼，「姐妹們，是渣男啊，活的，竟然還如此囂張！還在等什麼，跟我一起揍他！」

她帶頭衝上去，接連兩拳將海王打成了熊貓眼。極富正義感的女孩子們蠢蠢欲動，見對方無力反抗，立刻跟上去一陣亂捶。

轉眼海王就被拽得頭髮禿了一片，臉也被抓花。他哭著求饒，「姐姐們，我錯了！真的知道錯了，對不起，我再也不四處釣魚了。以後一定洗心革面，認真對待感情。別打了嗚嗚嗚……」

應准做為知情人，無奈地點了點文舞的額頭，「妳又調皮。」

文舞低聲嘿嘿笑，自動把這三個字翻譯成：幹得好。

來勢洶洶的改造異能者莫名其妙變成海王，很快就為自己贏得了一副特製的高級手銬，被帶去和他的同伴們一起勞動服務。

大部分普通人都以為遇到了神經病，有心眼的卻對一六八基地隱藏的實力感到心驚。

虛驚一場後，受傷的人得到了基地免費提供的藥物，並由趙愛琴悉心照料，不少避難所的人都對救援基地的做法好感倍增。外面都說避難所分配公平，救援基地的統一分配就是壓榨強者，但為什麼他們反而覺得這個群體很溫暖，所有人都過得特別快樂，是錯覺嗎？

夜市得以繼續進行，很多人的心情卻已經悄然改變。

09

第九筆

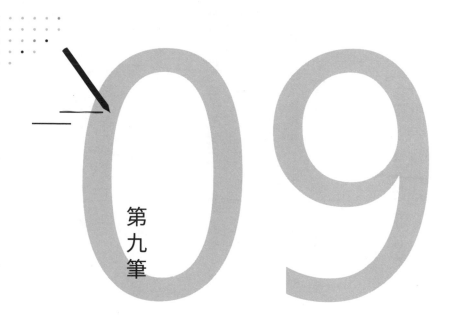

徐欣怡的頭痛症狀消失後，反而變得比從前更神采奕奕了。

她婉拒了文舞加入基地的邀請，「妳忘了，我們說好要攜手闖遍天下，看妳在基地混得這麼好，我也不能懈怠。避難所那麼多，我又不是非得待在蔣之田那裡。」

文舞按捺下心中的意外，「妳真的，決定離開蔣之田了？」

女主這是要造反，天大歡喜，普天同慶啊！

徐欣怡溫婉一笑，「當然，難不成還要騙妳嗎？」

其實她早就想換個新環境了，難得重生一次，為什麼要在一棵樹上吊死，而且還是一棵歪脖樹？

文舞尊重她的選擇，也為她的改變由衷地感到開心。「那妳想好接下來要去哪裡了嗎？這次一定要認真挑選，找個氣氛好，大家都真心對待妳的團隊。不過妳放心，有隨身空間在，要是有誰敢欺負妳，我一定立刻跳出去幫妳撐場面。」

徐欣怡被她說得心裡一暖，點點頭，「剛好之前因為交換藥材，和附近幾個避難所的負責人相處得不錯，其中兩家都邀請我加入，有一家誠意十足。等定下來，我再邀請妳過來玩。」

文舞跟她打勾勾，「加油，我相信妳，一定可以越過越好。」

徐欣怡看了一直站在附近，隱隱有守護文舞之意的應准一眼，貼在她耳邊說了句悄悄話。

文舞的臉蛋微微發燙，偷瞄應准一眼，原地表演了個翻臉不認人，「走走走，妳這無情的女人，下次不哭著說想我，我是不會去見妳的。」

徐欣怡哈哈大笑，瀟灑地揮揮手，走向一個在不遠處等著的帥氣青年。

系統八卦道：「好多讀者都在罵男主角人設崩壞，誇獎女主角夠霸氣，說走就走、毫不留戀。有人覺得作者是想中途換男主角，故意搞這麼一齣戲，反正褒貶不一。」

文舞微微意外，「這部小說被我和作者這麼折騰，讀者居然還沒跑光嗎？」

「呵呵，不僅沒少，反而越來越多。大家都說看起來怪裡怪氣的，還滿讓人上癮的。」

「所以，他們到底在看什麼？」

系統：「這道題我會。有人留言問了，說這書劇情神轉折、主角性格詭異多變，有什麼好看的？

「答曰：看熱鬧。」

文舞：「……」

不知不覺月上中天，夜市也到了尾聲，陸續有訪客騎著變異公雞離開。

文舞擔心作者再突然襲擊，期間反覆更新最新章節，直到末尾了才鬆一口氣。

最後一句內容：『救援基地的夜市圓滿落幕，訪客們心滿意足地離開，所有人都一夜好眠，美好的新一天即將開始。』

「總算熬過——呃？」

文章頁面上的字跡一陣模糊，轉眼變了個畫風。

『救援基地的夜市圓滿落幕，訪客們離開時，卻意外被變異獸獸潮包圍。原來是原始森林裡的氣溫不斷升高，變異獸都熱成狗了，無奈下傾巢出動，試圖占領人類的居所。

『可嘆一六八基地命運多舛，終究還是沒能躲過覆滅的結局。』

系統的聲音隨即響起，「宿主，我們被騙了。作者根據之前的變化，推測妳每章只能修改兩次，所以故意在前面誤導妳使用能力，最後這句才是她真正的殺手鐧。」

文舞心情凝重，是她一直以來舞得太順利，大意輕敵了。

最後那一句，不正是作者想告訴她的話嗎？

她連忙將消息告知應准，由他親自帶人去攔截離開的訪客，她自己則跑去和溫司令彙報情況。溫司令一直以來居安思危，就算得知文舞無法改變未來，也不曾驚慌。

思索少時後，他忽然問溫思睿，「我們的空中救援隊和陸地救援隊，訓練得怎麼樣了？」

溫思睿了然一笑，「測出感知能力的人雖然是百裡挑一，但還是比萬裡挑一的異能者多很多。他們拿到機甲後日夜特訓，隨時可以出戰。」

溫司令頷首，「最高領導人對此事極為重視，敵人既然送上門，那就讓他們試試身手吧。」

溫思睿領命，推著輪椅快速離開。溫司令又對俞心照道：「還要做好兩手準備，妳現在立刻將生活型號的機甲發放給所有民眾，囑咐他們遇到變異獸一律臥倒，等待救援。」

「是。」俞心照小小的身影也匆忙消失在夜色裡。

不久後，應准帶著半路救回的訪客衝入基地，身後竟有黑壓壓一群變異獸追來，天上飛的、地上跑的、沙子裡游的，應有盡有。

這還真是傾巢出動了。

文舞駕駛著中型機甲，和陸空救援隊的人一起衝出基地迎戰，將因為酷暑而躁動的變異獸攔在了外面。有異能的變異獸留給機甲戰士，普通變異獸仍由救援隊的成員合力擊殺。

一場惡戰在夜色下激烈地展開。

起初，空中和陸地的機甲戰士極具默契，迅速殲滅了吐雷、噴水等變異獸，讓所有人都看到了希望。

然而這股獸潮數量過於龐大，前仆後繼、無休無止，隨著時間的推移，機甲的能源陸續耗盡，有的因為損毀了重要零件而瀕臨報廢。

救援隊強撐著不讓變異獸越過防線，受傷的人越來越多，逐漸陷入苦戰中。

這麼下去不行，必須切斷變異獸的來源！

彼時，被一隻變異麋鹿追得四處亂竄的陳留第N次衝到文舞身邊，大聲哀嚎，「文隊長救命，孩子的精神力要沒了，馬上就跑不動，要被吃掉了！」

文舞握緊手中的雷射槍，連續兩次扣動扳機，精准地射死了被應准死死按住的變異野豬，以及旁邊被俞心照一腳踹暈的變異青蛙。

「還差最後一隻，閃開。」

她舉槍朝著空中的一隻變異老鷹射擊，然而扣動扳機才發現，能量耗盡了。

變異老鷹察覺她的舉動，彷彿受到挑釁，揮著翅膀便俯衝而下。

文舞一把將礙事的陳留按趴下，不僅不躲，反而迎上去，踩著陳留的肩膀一躍而起，緊緊地抓住了牠的翅膀。

一人一獸接觸的瞬間，變異老鷹的尖喙猛然刺向文舞的眼睛，同時發出得逞的尖叫聲。

千鈞一髮之際，文舞腰部發力，身子凌空一扭，操控機甲，擺出一個詭異中帶著那麼一絲優美的舞姿，有驚無險地躲開攻擊。而後翻身騎在變異老鷹身上，壓著牠雙雙墜落在地。

緊接著，她兩隻手簡單粗暴地掐住變異老鷹的脖子，暴躁地大喊：「老娘跟你拚了，掐死你掐死你掐死你！」

變異老鷹：卒。

牠崩潰的眼神彷彿在罵：老子不是被妳他媽的掐死，而是被妳活活壓死！

系統無比美妙的聲音響起，**「恭喜宿主成功擊殺第兩百隻變異獸，系統自動升級，妳的修改許可權從『每章可修改兩句話』變為『每章可修改三句話』。」**

文舞眼睛一亮，一屁股坐在死不瞑目的變異老鷹身上，召喚出文章頁面，握筆疾書。

系統提醒，**「宿主，作者肯定也正在盯著呢，妳改之後她再一改，劇情就真的無解了，一定要謹慎。」**

文舞覺得有道理。她原本想改掉最後一句——

『可嘆一六八基地命運多舛，終究還是沒能躲過覆滅的結局。』

不過這句話太顯眼，而且就在章節末尾，一錘定音，想也知道會被作者特別關注。所以，改動哪裡才能奇葩到讓她反應不過來，事後也只能乾瞪眼呢？

文舞的注意力重新回到上一段話——

『救援基地的夜市圓滿落幕，訪客們離開時，卻意外被變異獸獸潮包圍，原來是原始森林裡的氣溫不斷升高，變異獸都熱成狗了，無奈下傾巢出動，試圖占領人類的居所。』

有了。

「熱成」兩個字調換一下位置，文字的欺騙性很強，越是熟悉劇情的人就越不容易發現字序的輕微變動。

哼哼，作者這個啞巴虧吃定了。

下一秒，源源不斷趕來的變異獸突然消失，只剩下眼前和眾人交戰的一批。

『變異獸都成熱狗了。』

劇情到此戛然而止。

邏輯：後面無法自動修復，心累了就這樣吧。

面對訪客們的愕然，救援基地的民眾們對這種事早已見怪不怪。

特意選在門口臥倒，方便自己看熱鬧的老劉表示，「見過一地黃瓜和自己上門的粽子，熱狗也不過是常態，小意思而已啦。」

訪客們：「……」

不愧是傳說中的一六八基地，真是神奇！

掐斷了變異獸的源頭，救援隊士氣大振，很快就逆轉劣勢，合力撲殺了殘存的變異獸。

訪客們總算順利返程，帶回各個基地和避難所的，不僅有一六八基地的種種消息，還有當做伴手禮贈送給他們的熱狗。

一夜之間，「最強基地一六八」又一次在全國眾多救援基地中大大增加了存在感。

其中最為人所津津樂道的，是他們有一個行事低調的料理異能者。據說此人神祕而強大，在機甲戰士都要避開獸潮的鋒芒時，他一個意念，就將所有的獸類都做成了熱狗。

末世論壇上，大家甚至開始排隊點餐——

【獸潮】一人血書跪求，下次能不能做點傳統美食，好懷念那個味道。

B1：我好餓我先說，突然想吃燒餅了，配豆漿油條。

B2：呦呦切克鬧，豆漿煎餅果子來一套～

B3：……

雖然溫司令親自發文闢謠，否認了此事是料理異能者所為，但他越是遮掩，大家就越覺得猜到了真相。

一六八基地司令室裡，應准等人看著輿論的風向徹底跑偏，紛紛鬆了口氣。

溫司令拍拍賀禮的肩，「多虧你出了這個主意，否則我們這次還真不好解釋，畢竟當時那麼多人在場。」

賀禮被誇得不好意思，「應該的應該的，我們一家一直承蒙基地照顧，吃喝不缺，孩子有出息，說實話，日子過得比末世前還好。我這個異能這麼沒用處，難得有機會能幫忙出力，我感到很榮幸。」

溫思睿友好一笑，善意提醒，「最近別和人組隊出去探索資源，外面不安全。如果遇到非去不可的情況，記得和應隊長或俞隊長報備。」

應准頷首，「即使在基地，我也會安排人在暗中保護你，不用擔心。」

賀禮感激地頻頻點頭，「知道知道，我都明白的。其實大家現在手頭都變得寬裕了，私底下也很常找我弄點好吃的，靠這個我就能賺物資養家。」

大家聞言，會心一笑。

以小見大，賀禮的料理異能開始受歡迎，不正說明基地的百姓不再每天都活得提心吊膽，反而開始貪口腹之欲，日子越過越好了嗎？

還會更好的，他們堅信。

之後三天，文舞一直沒刷出新章節。

考慮到之前的「熱狗一擊」，她對作者表示深深的理解。換作是她，她也會氣瘋。

不過，作者對原劇情的執著程度不容忽視，突然爆發的獸潮為她敲響了警鐘，不到最後，她絕不能掉以輕心。

「妮妮，你說，除了卡卡教授的改造異能者、β星的間諜、原始森林的變異獸，作者還會使出什麼新花樣呢？」文舞這幾天除了綠化土地外，一直在思考這個問題，畢竟有備無患。

順便一提，不知道是不是系統升級的緣故，她進展緩慢的精神力練習開始大大飛躍，以前每天只能綠化十平方公尺，現在已經翻了十倍，變成一百平方公尺。救援基地周邊也肉眼可見地綠了起來。

系統照常出去偵察了一圈，回來道：**「作者在作者的話中請假，說下一章晚點再更新，需要查大量資料，聽起來略略唬人。」**

大量資料啊。腦子和空氣瀏海一樣空的文舞聽了，心裡也是一陣發毛。她總覺得不踏實，把前面二十多章內容重新看了一遍，不看不知道，是真的……迷之好笑。

「這寫的都什麼鬼，神經病啊哈哈哈哈！

「我靠還能這樣，劇情天崩地裂！」

系統：**「宿主，問妳一個直擊靈魂的問題——妳，怎麼有臉笑？」**

文舞：「……」

她害羞地低下頭，片刻後忽然抬起臉，雙眼明亮。「我知道了，是天災！因為第一章裡寫過，末世降臨後，每三個月會出現一次新的天災。她或許已經發現，不論她還是我都不能修改舊章節，所以最大的可能性，就是在下個月初的天災上動手腳！」

系統友情替她潑了點冷水，降降溫，**「猜測合理，但妳沒有修改標題的許可權。如果她像上次一樣，把『霧霾』兩個字打在標題上，妳就只能看著它發生。」**

文舞絲毫不氣餒，「至少我知道備戰方向了。我這就去跟溫司令彙報，就像上次製作防霾口罩一樣，大家齊心合力，肯定能渡過難關。」

她興沖沖地跑到司令室，說出了自己的擔憂。

溫司令當即召集基地的核心成員，大家一起參與討論。

俞心照出完救援任務才剛回來，恰好有話要說，「因為氣溫持續升高，原始森林裡潮溼悶熱，變異植物也開始四處亂跑了。我們剛剛就從幾株大型食人花嘴裡救了人。」

至於變異獸為什麼不跑，那當然是因為上次全都變成熱狗了。

不過，這個待遇只有一六八基地有，其他地方依然是變異動植物一起肆虐。

俞心照說完，本能地看向文舞，「能把食人花改成食霾花嗎，正好能幫忙淨化空氣。」

文舞噗嗤一笑，沒想到大家都已經適應她的能力，還學會搶答了。可惜作者不更新，她這個巧婦也難為無米之炊，「抱歉，我的異能最近不太穩定，暫時沒辦法預知未來或橫加干涉，只能另外想辦法。」

應准目露擔憂，「注意休息，別勉強自己。能力越強，精神力的透支越嚴重，之前基地全靠妳一個人扛著，之後的麻煩交給我們就好。」

溫思睿笑著附和，「阿准說得沒錯，有了綠化的地，我們自己種了糧食和蔬菜。有了機甲，無論救援隊還是普通老百姓，再遇到變異動植物也有自保之力。妳已經做得夠多了。」

文舞難得有幾分靦腆，「雖然我不用使用異能，但我有個猜測。一月初是沙塵暴，四月初是霧霾，七月初，會不會和酷暑有關？」

她沒明說的是，作者講故事也要遵循基本法則，就好比炎熱的七月，出現極寒天災的可能性無限趨近於零。

應准看了手冊上的救援記錄一眼，表示贊同，「旅途中的人中暑暈倒，變異動植物耐不住燥熱暴動，這些或許都是前兆。」

也就是所謂的伏筆了，文舞心想。

溫思睿聞言陷入沉思，片刻後道：「留給我們的時間並不多，我回去後，立即讓氣象相關的小科學家著手分析資料，醫藥相關的幾位，負責用現有的資源研製降暑藥和防晒乳，提早做準備。」

「也可以發布基地任務，讓身負手藝的民眾編織一些斗笠，晴雨兩用，我有見過有些路人已經開始戴了。」文舞補充提議。

俞心照受她啟發，猛一拍手，「雨，夏天有雨，萬一是酸雨呢？這個也得想對策。」

大家暢所欲言，應准快速地記下有用的資訊。

不久後一個個新任務分派下去，基地軍民鬥志昂揚，積極地行動了起來。

接下來的每一天，文舞都過得無比充實。

白天跟著應准出任務，努力積攢貢獻點，晚上跟著俞心照訓練體能和對戰技巧，不斷提高自保能力。至於精神力的練習——

在一六八基地周邊的綠化面積達到一定範圍後，她開始騎著專雞，陸續前往周邊的救援基地改善土質。當然，她也不是白做工，得到實惠的基地投桃報李，紛紛拿出物資表達感謝。一號基地聽說他們缺手藝達人，還大方地送了一對經驗豐富的老夫婦，一下解決了斗笠的製作難題。

此外，因為俞心照提到了下酸雨的可能性，除斗笠之外，一六八基地又追加趕制出一批蓑衣和竹傘。這裡要特別表揚勤勞的間諜們，做為那場大型煙火的感謝，基地分配給他們的工作量翻了一倍。

整個準備過程中，除了進原始森林砍伐竹林有點難度外，一切都進展順利。而各個基地和避難所聽到風聲，出於上次防霾口罩的實用性，也都毫不猶豫地迅速跟進，再也沒人胡亂質疑。

時間一眨眼就到了七月一日這天。

不出所料，當天從零點開始，α星的每一個角落都被滾滾熱浪所侵襲。

特別防備的變異動植物攻擊並未出現，反倒是新的異能者在陸續覺醒。

末世論壇（夏季，七月一日，炎熱）。

隨著氣溫一夜之間再創新高，首頁的貼文幾乎全在喊熱，越來越多人開始懷念空調和夏日冰飲。好在大家這次提前做足了準備，中暑有藥，出門能戴斗笠，沿路還有綠洲供人休息，熱暈的人反而還沒上個月多。

據說境外武裝勢力因為β星的物資提供不及時，熱得紛紛跑到邊境鬧事，等到救援隊一出現，立刻伏地，要求以勞動服務換取加入基地的機會。就是這麼厚臉皮。

最初被捕的一批間諜聞訊，生怕這份包吃住的工作被搶，幹活時格外賣力，以前怎麼審訊都不肯透露的口風，現在一張嘴都停不下來。

應准：忽然同情被賣得連底褲都不剩的β星。

形勢一片大好時，文舞反而越發忐忑。那句話怎麼說的來著，不在沉默中爆發，就在沉默中變態。作者憋了這麼久，也該出招了吧？

因為時刻保持警惕，她第一時間發現連載的內容更新了。

『第二十八章、紫外線』。光是看到這個標題，文舞心裡已經開始緊張。

「看來作者這次真的很用心，我們想到了酷暑，戴斗笠遮陽，但紫外線可以折射，防不勝防。」

系統提醒，**「宿主，妳的同伴已經研製出防晒乳，能夠應對這種局面。」**

文舞皺眉搖頭，「換位思考的話，為了讓這場天災嚴重影響到救援隊的戰鬥力，單是晒黑晒傷都不夠，如果是我，就讓所有人都晒成重度白內障，等於全瞎。」

系統：**「……宿主，求求妳，跟著仙仙子學點正經的事情吧。」**

文舞沒理會系統的揶揄，繼續往下看——

『現在的末世像個大型蒸籠，局部地表氣溫一度高達攝氏八十度，別說能烤熟雞蛋，就算是人躺在上面，都能直接火化。』

哎呀，作者的怒火都快要從文章頁面裡燒出來了。

『由於紫外線過於強烈，輻射無處不在，越來越多人開始產生病變，最終成為一具行屍走肉。位於西北邊境的一六八基地緯度較高，受影響尤為嚴重，最先爆發殭屍潮。』

文舞：「？」

古人云：禮尚往來。

譯文：你讓我生氣，我就讓你更生氣。

她二話不說，握筆將「輻射」改成「福利」，然後立刻衝出房間，讓這個改變成為不可更改的既定事實。

「砰」的一聲，她剛出門就踢到了什麼東西。低頭一看——

哦，當真是「福利無處不在」，她踢到了一箱所有人都夢寐以求的冰可樂！

文舞搬起箱子，使盡力氣趕到司令室，就見應准抱著一臺太陽能電風扇、俞心照扛著一卷涼席、溫思睿手握一把水槍、俞不宣懷裡抱著一本美女寫真——

等等，好像有什麼不得了的東西混進來了。

她把冰飲分給大家，自己還沒喝到，窗外又有一群變異鴿子從基地上方低空掠過，「噗噗」地瘋狂拉了一地五顏六色的便便……型霜淇淋。

文舞：「！」

口味略重，我招架不了。

然而熱瘋了的民眾們才不管那些，一擁而上，逐一品嘗。

「棕色的好吃，巧克力味的，大家放心，不是真的便便！」

「白色是香草，我的最愛，確實不是真的，同好快過來。」

「草莓是粉色，綠的是抹茶，還有藍莓味的。咦，這個黑色的味道有點奇怪，你們嘗嘗看？」

大家好奇地嘗了一口，然後表情同時裂開。

「你他媽的，這個好像是真的……」

末世論壇（夏季，七月三十一日，炎熱）。

一個月轉眼過去，氣溫居高不下，好在平均每十步一掉落的福利夠強勁，全國百姓每天都能撿到各式各樣的消暑聖品。

【今日驚喜】珍珠奶茶半糖少冰，三步一杯，爽歪歪（附圖）！

【我非洲人】二十步才撿到一把扇子，一扇全是熱風，誰能比我慘？

【危險提示】本人今天一腳踩空，掉進冷藏櫃裡了，幸虧有同伴，大家小心。BTW，出冷藏櫃一臺，書籍類優先換。

暑熱雖然難熬，層出不窮的驚喜卻讓大家樂在其中，更在一定程度上彌補了物資的匱乏。

看著大家的交換偏好從滿足基本生存的食物、衣物和日用品，逐漸變成精神層次的更高追求，文舞由衷地感到開心。身在末世，沒什麼比日子有目標更幸福了。

不過，她心裡比任何人都清楚，這些只是表面上的風平浪靜而已。

由於作者在福利出現後再次鎖章修改，明顯還有後招。哪怕時間過去這麼久，她依然保持著高度的戒備，時不時就更新一下文章頁面，生怕貽誤戰機。就連日常吃個早飯，她也得先確認一下更新進度才行。

咚咚。

敲門聲忽然響起。文舞放下手裡才吃了半碗的涼粉，起身去開門。走了兩步還沒聽到門外的人自報姓名或出聲打招呼，頓時生疑。

來人不可能是許諾，因為她從來都是還沒走到門口就已經大聲喊人。

如果是應准，他習慣在敲門後說一聲，「文舞，是我。」

溫思睿坐在輪椅上，敲門的位置很低，和剛才發出聲響的地方不相符，個子矮的俞心照同理。

溫司令從來不敲誰的門，用他的話來說，是怕突然登門嚇到大家，有事必定是司令室見。

所以——

「誰啊？」她似是不經意地問，同時從腰間拔槍，躡手躡腳地靠近屋門。

外面的人靜了片刻，忽然輕聲一笑，「怎麼連我的聲音都認不出來了，我是仙仙子——啊！」

最後一聲「啊」是痛呼，因為文舞毫不猶豫地對準聲音的來源扣動扳機，子彈飛射而出，穿透門板，擊中了目標的肩膀。她緊接著拉開門飛踢一腳，將外面長得和仙仙子一模一樣的人無情踹飛。

只聽「咚」的一聲，那人重重地摔在地上，身形一下從頎長俊逸變成了個矮冬瓜。對方見勢不妙，爬起來想逃，卻被聽到槍聲趕來的應准堵住去路。兩人前後夾擊，出手極具默契，十秒不到就將人制服。

廢物一個，鑒定完畢。

文舞特意回屋拿來一副異能者專用手銬，「喀嚓」一聲將人銬住，「是個模仿異能者，必須壓制他的精神力，不然他隨時能變成別人，混淆視聽。」

應准打量這人一眼，抬了下眉梢，「怎麼發現的？」

被打得莫名的異能者同樣萬分不解，哭喪著臉嚷嚷，「我怎麼知道她怎麼發現的，我的變身根本毫無破綻，哪怕連道眼角細紋的位置和深淺都一模一樣，就更別說是聲音了。」

應准從腰包裡取出透明膠帶，扯出一截用匕首劃斷，不客氣地拍在他嘴上，「沒問你。」

文舞莞爾，「他運氣太差，裝成誰都好，非要裝成仙仙子，而且還來敲我的門。」

關鍵的地方點到即止，應准已經了然。仙仙子是仙人，喜歡靈氣濃郁的地方，最近天氣太熱，基地剛給他放了暑假，他一直窩在文舞的隨身空間裡避暑。

退一萬步講，就算仙仙子出來撿福利，他也向來喜歡從窗戶進出，直接飄進飄出。指望他一個「仙人球」敲門？不存在的。

應准招手，立刻有隨後趕到的救援隊成員將人押走。

民眾們見怪不怪，看了一眼便繼續忙各自的工作。

沒辦法，誰叫四季的國土上有夏日福利，而他們一六八基地的福利最好最多，像這樣不擇手段送上門被捕的，一般都是從境外偷渡過來，平均三、五天就會出現一個。等人都走遠了，應准低聲道：「這個月已經是第五次遇襲了，不然我和俞隊長還是輪流守著妳吧，丁萬里頂著高溫站崗，難免有疏漏。」

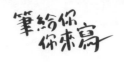

文舞想了想，「我沒事，就當練習反應力和身手。你看這些人，作亂作得這麼不用心，一看就不是自願的，威脅不大。」

應准無奈，「那妳自己要多加小心，他們的想法其實滿好理解的，能把妳抓去境外進行綠化最好，就算任務失敗被捕了，留在基地做勞動服務也不錯。」

文舞從善如流地點頭。

兩人正說著，丁萬里的大嗓門和系統的提示聲同時響起。

丁萬里高喊：「應隊，你快來看，從南邊來了好多變異獸，全都在往我們基地這邊跑！」

系統尖叫：「**宿主，第二十八章解鎖了，有危險！**」

應准帶人駕駛機甲出去迎戰，文舞則飛快地跑回自己房間，打開文章頁面瀏覽最新劇情──『第三次天災降臨，變異動植物再次進化，竟然出現一部分高智慧群體。為了得到誘人的福利，他們不再滿足於被困在原始森林中，反而頻繁地跑到救援基地找麻煩。』

文舞握住光筆，大腦開始高速運轉。

「再次進化」改成「並未進化」？

她試了一下，無法修改，說明已經成為既定事實。

換一個，「高智慧」改成「無智慧」？

不好，沒腦子的打起來反而更不要命。

在猶豫的這段時間，變異獸的腳步聲已經隱隱傳來，同時還有應准下令迎戰的喊聲。

文舞猛然想起剛被帶走的模仿異能者，連忙將「找麻煩」改成了「找工作」。

下一秒。

四群變異獸先後停下腳步，一隻接一隻地排成了四隊。

變異鋸齒獸的高智慧首領朝應准點了點頭，「你好，請問你們這裡缺伐木工人嗎，包兩餐就可以。」

應准：「……」

看著不緊不慢走過來的文舞，他大概猜到發生了什麼事。

應准蹙眉，「伐木不環保，我們需要人手去鋸掉那些食人花和食人樹，這個工作有一定的難度，包三餐，做不做？」

「成交。」

變異袋鼠的高智慧首領緊隨其後表態，「需要專業的育兒保姆嗎，這邊希望包吃住。」

應准派人去徵詢了大伙兒的意見，回答當然是肯定的。

變異鯊魚的高智慧首領見應聘這麼簡單，徐徐走上前道：「我們是專業鯊手——」

話沒說完就被應准下令當場逮捕，送去做勞動服務。

一陣雞飛狗跳後，終於輪到變異鮭魚的高智慧首領。牠生怕進不了末世裡的Top one基地，努力地自我推銷，「我們有無痛快速癒合的能力，可以每天為大家提供新鮮的生魚片，不信你看——」

說話間，牠用鋒利的魚鰭片了自己一刀，傷口果然一秒癒合。

文舞：愛了愛了。

以為輕鬆打發掉了四群變異獸，不料牠們前腳入職，久未露面的諾爾後腳就帶著十個人前來拜訪。

「老朋友，我們又見面了。」諾爾自來熟地跟應准打招呼，「實不相瞞，我們三姓貴族已經熱得只剩下兩姓，這次來是想向貴國請求物資支援。」

應准冷聲道：「換作是你，你會用肉包子打狗嗎？」

諾爾不怒反笑，「哈哈，何必把話說得那麼難聽。據我所知，你們一直在找的那位卡卡教授近期在境外十分活躍，只要你們點頭，這個人我可以幫你抓來，還有……」

文舞聽他在那邊胡扯，視線繼續掃過劇情——**『諾爾看似求助，實則是故意拖住應准，為暗中跟來的改造異能者創造機會，救出之前所有被捕的同伴。』**

她甚至不用提醒應准，因為在諾爾剛出現時，他就朝許諾打了個手勢：小心偷襲，全部留下。

果然，許諾沒多久就去而復返，打斷了諾爾的滔滔不絕。她故意提高嗓音道：「報告應隊，剛剛發現十個改造異能者潛入農場，試圖救走間諜，間諜主動將他們拿下並舉報，表示絕不離開基地。」

諾爾：「？」

他罵了句髒話，一抬手，身後的十個人氣勢一變，雄糾糾地走上前。

清一色的改造異能者，昭示著他和卡卡教授關係匪淺。電光石火間，敵我已經短兵相接，激烈地交戰。

文舞被大家有意無意地護在身後，一邊觀戰一邊更新頁面。

劇情自動修復如下——

『看著節節敗退的手下們，諾爾氣得跳腳大罵，「蠢貨，拿出你們的必殺技來，給我殺！狗屁的改造異能者，我看你們就是一堆窩囊廢！」

『眾改造異能者聞言沉默，一個個散發著陰森恐怖的氣息。』

文舞看來看去，忽然想把「窩囊廢」改成「窩窩頭」[7]，想吃粗糧了。

她甚至腦補出邏輯衝突、自動修復後的內容：『眾窩窩頭沉默不語，一個個散發著五穀雜糧的氣息。』

7　窩窩頭：是由玉米粉或雜糧麵粉所製成的一種饅頭。形狀為空心錐體，在早期是貧苦人民吃的平價粗食。

然而動筆之際，她聽到不遠處照顧菜地的老劉重重一嘆，「唉，地力不足，肥料也不夠，這幼苗根本長不起來啊。」

文舞一瞬間改變主意。

眼光要放長遠，當務之急是種糧食，而不是貪一時的口腹之欲。溫司令當初為了百姓的安危，連親孫子溫思睿都能靠後，她還不能為了百姓的肥料，放棄幾個窩窩頭？

她打消了修改劇情干涉戰鬥的念頭，朝應准打了個包圍的手勢。

應准會意，下令機甲戰士們不再留手，轉眼就將負隅頑抗的十一人制住。

諾爾沒想到自己會輸得一塌糊塗，對手還一直耍著他們玩，口中罵罵咧咧，難聽至極。

文舞正盯著下文，琢磨著要怎麼幫基地弄來肥料時，劇情又變了。

『諾爾沒想到好好的聲東擊西計謀，反倒成了羊入虎口，被人甕中捉鼈。羞怒之餘滿嘴噴髒話，一刻也不停。』

文舞腦海中靈光一閃，想到一個好主意。

出於人道主義，她禮貌地問了諾爾一句，「你嘴這麼臭，真的沒關係嗎？」

諾爾「呸」地一啐，「誰管妳啊，老子樂意！」後面又跟了一串不好聽的字眼。

文舞不僅不介意，還朝他感激一笑，手穩穩地握著筆，將「髒話」改成了「化肥」。

下一秒……

總之，因為諾爾噴個不停，基地的肥料這下有著落了。

末世論壇（夏季，八月十五日，酷熱）。

彈指一揮間，八月已經過半。

因為綠地多、肥料足，一六八基地的糧食和蔬菜長勢驚人。

百姓們像往常一樣，一大清早就起來忙忙碌碌，人人頂著一張笑臉。老劉剛收了一籃嫩綠的黃瓜，心情大好，看起來猶如年輕了十歲。

大一點的孩子坐在家門口，跟著空中的仙仙子進行晨讀，聲音整齊清朗。小一點的趴在變異袋鼠的腹袋裡，蹦蹦跳跳地追著雪蛛看結網，時不時發出稚嫩的歡笑聲。

噴磚獸生產的磚石鋪就了基地內外嶄新的路面，既寬敞又平坦，衛竹子他們再也不用日夜掃土夯實。而其中幾隻噴磚獸在上次天災中再次進化，噴出了色彩濃麗、花紋不一的瓷磚，一下子成為搶手貨，俞不宣的運輸業務也隨之越發繁忙。

遠處有刻苦訓練的機甲戰士、農場上積極勞動的間諜，更遠處是自發形成小集市的綠洲、以及騎著變異公雞行色匆匆的路人……

丁萬里站在高高的崗哨上，將這一幕幕盡收眼底，心中感慨萬千。

想當初他真的只是來看個熱鬧而已，沒想到半年時間，竟被他看到了這麼多的「熱鬧」。

這還是那個人餓得受不了，甚至易子而食的殘酷末世嗎？

看著披星戴月離開、沐浴著朝陽歸來的救援隊，以及走在中間、那道纖細卻一點也不柔弱的身影，丁萬里心中有了答案。

——《筆給你，你來寫》下集待續

高寶書版集團
gobooks.com.tw

輕世代 FW396

筆給你，你來寫 上

作　　者　三花喵
繪　　者　Noriuma
編　　輯　王念恩
美術編輯　莓果雪酪
排　　版　彭立瑋
企　　畫　黃子晏

發 行 人　朱凱蕾
出　　版　三日月書版股份有限公司
　　　　　Printed in Taiwan
地　　址　臺北市內湖區洲子街88號3樓
網　　址　www.gobooks.com.tw
電　　話　(02) 27992788
電　　郵　readers@gobooks.com.tw（讀者服務部）
傳　　真　出版部　(02) 27990909　行銷部 (02) 27993088
郵政劃撥　50404557
戶　　名　英屬維京群島商高寶國際有限公司台灣分公司
發　　行　英屬維京群島商高寶國際有限公司台灣分公司
　　　　　Global Group Holdings, Ltd.
初版日期　2023年5月

本著作物《筆給你，你來寫》，作者：三花喵，由北京晉江原創網絡科技有限公司授權出版。

國家圖書館出版品預行編目(CIP)資料

筆給你,你來寫 / 三花喵著.-- 初版. -- 臺北市：三日月書版股份有限公司出版：英屬維京群島高寶國際有限公司臺灣分公司發行, 2023.05-
面；　公分. --

ISBN 978-626-7152-73-7(全套：平裝)

857.7　　112005474